手乗りドラゴンと行く異世界ゆるり旅

～落ちこぼれ公爵令息ともふもふ竜の絆の物語～

さとう《satou》

◇ CONTENTS ◇

リリカ
風車の国クシャスラの
騎士団に
所属する弓士。
ムサシ
レクスの相棒。
可愛さだけが
取り柄のポンコツ竜。
エルサ
ちょっと訳アリの
新人冒険者。
魔法が得意。
レクス
本作の主人公。
儀式で役立たずのチビ竜を授かり、
ドラグネイズ公爵家を追放された。
実は前世の記憶を持つ転生者。

◇登場人物紹介◇

アミュア
ゼリュース子爵家の長女。
レクスに特別な思いを寄せる。
謎の化け物
クシャスラに現れたという
不気味な存在。
シャルネ
レクスの妹。
ちょっとブラコン気味?

序章

手乗りドラゴン

Tenori **DORAGON**
to iku isekai
YURURI tabi

1　授かったのは、手乗りドラゴン

俺の名前はレクス。レクス・ドラグネイズ。

この広い世界……ライラットに存在する帝国リューグベルン。ドラグネイズ公爵家の次男に生まれた転生者だ。まあ、転生者ってのは俺が勝手に呼んでるだけ。

俺には、前世の記憶がある。

生まれつき病弱で、子供の頃から入退院を繰り返してきた。医者じゃないから病名はわからないけど、身体の中に悪い腫瘍《しゅよう》がいっぱいあって、強い薬で症状を抑えるのが精一杯だったらしい。

なので、立つのもやっとだったし、走り回るなんてこともできなかった。

ずっと入院生活だった俺は、本を読むくらいしかやることがなかった。

ファンタジーやロマンス小説、いつかやってみたいとサバイバルの知識や釣りとかキャンプとかの本を読んで空想に浸《ひた》るのが、唯一の楽しみだった。

でも……そんな生活も長くは続かない。

とうとう、俺も命の終わりが見えた。

苦しい、つらい……傍には両親がいてくれた。俺の手を掴んで泣いているのが見えた。

ずっと迷惑かけっぱなしでごめんと言いたかったけど、声が出なかった。

とても眠くなり……俺は、日本人としての生を終えた。


目覚めると、俺の目の前に神様がいた。

姿は覚えていないけど、その存在は、俺に『新しい人生を、そして一つ願いを叶えてあげる』って言った。

新しい人生……よくわからなかったけど、俺は一つだけお願いをした。

『両親をどうか幸せにしてください』と。そう願うと、神様は驚いていた。

そして神様は言った。

『その願いを叶えてあげる。新しい人生を楽しむといい。きみが前の人生ではできなかったことを、新しい人生では思い切り楽しんでくれ』

そして、目が覚めると……俺はレクス・ドラグネイズになっていた。

生まれたばかりの赤ちゃんだ。意識はあるが、身体が思うように動かない。

俺は、新しい人生を手に入れた。

レクス・ドラグネイズ。神様が用意してくれた、新しい人生。

『きみの誰かを想う心は清く美しい。レクス……きみに、神の祝福を』

そんな声を聞いたような気がした。

赤ちゃんの姿の俺は、すぐに眠くなった。

夢を見た……日本人だった時の俺の両親が、新しい命を授かり、幸せいっぱいに赤ん坊を抱っこしている。そして病弱だった俺の写真を見せ、「あなたのお兄ちゃん」と報告している。

その夢を見て、俺は泣いた。

レクスとしての俺は泣いた。夜泣きと思われたのか、ドラグネイズ公爵家の乳母が抱っこして、優しく揺らしてくれる。


両親へ……俺はまた生まれました。

レクス・ドラグネイズとして、新たな人生を。

この記憶がいつまであるのかわからない。でも……俺はまた、生きる。

今度こそ、幸せな人生を。

◇◇◇◇◇◇

「レクス。いよいよ明日だ」

「はい。父上」

リューグベルン帝国首都ハウゼン。ドラグネイズ公爵家の屋敷にて。

夕食時、俺は父上から明日行われる『竜誕《りゅうたん》の儀《ぎ》』についてもう何度目かわからない説明を受けた。

「お前も、兄のような立派な『竜滅士《りゅうめつし》』となり、リューグベルンのために尽くすように」

「はい」

「安心しろレクス。ドラゴンを手に入れたら、オレが使い方を教えてやる」

「はい、兄上」

竜滅士……それは、ドラゴンを使役《しえき》する者の名前。

騎士や剣士が剣を、魔法師が魔法を、弓士が弓を持つように、竜滅士は『ドラゴン』を使う。

この世界ライラットは広大だが、この竜滅士がいるからリューグベルン帝国は最強なのだ。

竜滅士の数はそれほど多くないが……竜滅士発祥の家であるドラグネイズ公爵家のドラゴンは、他の追随を許さぬほど強い。

ドラグネイズの分家であるいくつかの貴族も、明日の竜誕の儀に参加するのだ。

「もう、お兄様もお父様も、あたしのこと忘れているのかしら」

「おお、シャルネ。忘れるわけがないだろう？」

「ははは、拗《す》ねるな拗ねるな。我が妹よ」

父と兄が、拗ねた妹のシャルネを慰《なぐさ》める。

そう、明日は俺と一緒にシャルネも竜誕の儀に挑む。

「ああそうだ。聞いているると思うが……明日は分家のゼリュース子爵家の長女も来る」

「ゼリュース……あ、アミュアですか!!」

アミュア……俺と同い年で、幼馴染《おさななじみ》の女の子だ。

ずっと竜誕の儀を楽しみにしていたっけ。

「レクス。シャルネ……明日、ドラゴンを授かると同時に、お前たちは竜滅士の世界に足を踏み入れることになる。いいか……覚悟をしておくように」

「「はい」」

竜滅士……父上、兄上の仕事。

そして、今はもういない母上の。

「お兄ちゃん、明日が楽しみだね!!」

「うん、そうだね」

俺は、少しだけ楽しみで……そして、少しだけ不安を感じるのだった。

◇◇◇◇◇◇

翌日。

俺とシャルネは正装に着替え、ドラグネイズ公爵家が所有する帝国郊外の、ドラグネイズ竜誕《りゅうたん》場《じょう》へとやってきた。ドラグネイズ公爵家が所有する儀式場であり、ここでドラゴンを授かるのだ。

儀式場には、すでにゼリュース子爵家の馬車が止まっていた。

そこで、ゼリュース子爵が父上に一礼する。

「公爵閣下。お久しぶりでございます」

「うむ。アドラーズ、元気そうで何よりだ。そして、久しいなアミュア」

「はっ、お久しぶりでございます」

赤い髪をなびかせ一礼するのは、俺の幼馴染であるアミュア。

久しぶりに会ったけど……成長したなあ。

すると、シャルネが父上をチラチラ見た。父上は察したのか言う。

「アドラーズ。儀式の確認をする……こっちへ。レクス、シャルネ、アミュアを頼む」

なるほど、久しぶりに子供たちだけの時間を作ってくれたのか。

すると、アミュアは息を吐く。

「久しぶり、レクスにシャルネ」

「アミュア!! 久しぶり!!」

「久しぶり。元気そうで何より」

「……レクス。あんた、相変わらず落ち着いてるわね」

「そうかな？」

まあ、俺は一度死んでいる。

ずっとベッドの上で生活していたし、大声を出したり走り回るなんてこともできないまま成長した。異世界の文字を覚えたり、書斎の本ばかり読んでいたから、手のかからない子供なんて言われていたっけ。

「アミュア、いよいよだね!!」

「ええ。竜誕の儀……私たちが竜滅士として新たに生まれる日」

「……うん。俺も楽しみだよ」


そして、しばらくすると儀式の準備が整った。

ドラグネイズ公爵家の専属魔法師が、一族秘伝の魔法を発動させる。すると、地面に大きな魔法陣が浮かぶ。

「では……アミュア、前に」

「はい!!」

アミュアは魔法陣の前に立つ。

そして、父であるゼリュース子爵がアミュアに向けてナイフを向ける。

アミュアは頷くと……指先を、小さく切った。

血が魔法陣に落ちると、魔法陣が真っ赤に輝く。

「ほう……『炎』か」

父上が言う。

ドラゴンには種類と属性があり、魔法陣が輝いた色で属性は判断できる。

すると、魔法陣がさらに輝き、光が収束し――……そこに、巨大なドラゴンが現れた。

『ゴォォォォルルルル……!!』

真っ赤な外殻を持つ、全長二メートルほどのドラゴンだ。

意外に小さい。だが、これは幼体……これからどんどん大きくなる。

「これが、私のドラゴン……」

「アミュア。契約だ」

「は、はい!!」

ドラゴンがアミュアに鼻先を向け、アミュアは手を向ける。

すると、魔法陣が二人を包み、アミュアの右手に『紋章』が刻まれた。

「契約完了。さあ、名を呼べ」

「はい。この子は『烈火竜《れっかりゅう》』……アグニベルド!!」

契約が済むと、授かったドラゴンの『竜名《りゅうめい》』と真名《まな》がわかる。

アミュアのドラゴン……『烈火竜』アグニベルド。すごいな、本当にファンタジーだ。

アグニベルドは軽く鳴くと、アミュアの紋章に吸い込まれるように消えた。

「わあ……!!」

「これで、いつでも好きな時に『召喚』することができる。使い方は、ゆっくり教えていこう」

「はい!!　これで私も竜滅士に……!!」

「ああ。アミュア……よくやったぞ」

アミュアは、子爵に撫《な》でられて嬉しそうだった。

そして次はシャルネの番。

シャルネは指を切る時に少し泣きそうになっていたが、それ以外に問題はなかった。

魔法陣が青く輝く……属性は『氷』のようだ。

現れたのは、青い体毛を持つスタイリッシュな四足歩行のドラゴンだ。

「あなたの名前……『氷狼竜《ひょうろうりゅう》』フェンリス」

『ウォオオオオオン!!』

フェンリスは鳴き、アミュアの手に吸い込まれる。

そして、俺の番になった。

「レクス、楽しみにしてる」

「お兄ちゃん、がんばって!!」

「うん。行ってくるよ」

俺は魔法陣の前に立ち、自分で指をナイフで切る。

「…………」

正直――……不安だった。

この儀式の原理とか、ドラゴンがどこからやってくるのかなんて理解できない。でも……俺の出生は神様が絡んでいるし、こういう神聖な儀式ではイレギュラーが……と考えていると。

血に触れた魔法陣が輝きだす。

色は……わからない。明滅が激しく、まるで暴走しているようだった。

「な、なんだこれは……!!」

「レクス様!!」

父上とゼリュース子爵も驚いている。

「レクス!!」

「お、お兄ちゃん!!」

アミュアとシャルネも同じように驚いていた。

でも、俺は……ここで止めることはできない、そう思った。

『――きみに、神の祝福を』

「えっ」

何かが聞こえた気がした。

そして、魔法陣が一気に輝きを増し――……俺のドラゴンが現れた。

光が消え、魔法陣も消え、周囲が静寂に包まれる。

ドラゴンが現れた。だが、いない。そう思っていると。

『きゅう』

「えっ」

俺の目の前に、小さく白いふわふわした鳥のヒナみたいな生物が浮かんでいた。

まん丸な鳥のヒナ。だが、尻尾《しっぽ》もあるし、翼も生えている。ただ全身が体毛に包まれているので、ドラゴンには全く見えない。

すると、魔法陣が輝き、俺の右手に紋章が浮かぶ。

「……え？」

名前も、竜名も浮かんでこない。

全くわけがわからない。これが俺のドラゴン？

すると、白いふわふわした何かは、俺の紋章に飛び込み、消えた。

「…………えっ」

こうして、俺の物語が始まる。

竜滅士として、この白いふわふわしたドラゴンと過ごす日常、そして冒険が。

2　追放

「どういうことだ!!」

小さなもふもふのドラゴンを授かった俺は、屋敷に戻るなり父上に叱られて……いや、叱られてなんてレベルじゃない。殺意すら感じるほどの怒りっぷりだった。

だが、俺にも全くわからない。

父上はさらに激高《げきこう》する。

「ああもう、とんだ恥を掻いたわ!!　ドラグネイズ公爵家の次男が天から授かったドラゴンが、得体の知れない小さなモノだとは!!　ああ……陛下になんとお伝えすれば」

「あの、父上」

「なんだ!!　ええい、忌々《いまいま》しい」

「これは、俺の責任なんでしょうか」

「……何ぃ？」

父上が怒る理由は、俺が『小さなドラゴン』を……まあ、ドラゴンかどうかわからないが、この小さなもふもふした生き物を授かったからだろう。

でも、それは俺のせいなんだろうか？

「父上の怒りはもっともです。ですが、竜誕の儀は神よりドラゴンを授かる儀式。俺が神から賜《たまわ》ったドラゴンを否定するということは、神を否定するのと同じでは？」

「……～～っ!!」

父上の額《ひたい》に青筋が浮かぶ。でも、俺は間違ったことを言っていない。

転生前に読んだライトノベルでは、こういう時に必ず『追放』される。

主人公はここで追放され、新天地でその能力を開花させていくんだろうが……俺はドラグネイズ公爵家を気に入っているし、できれば追放されたくない。

でも、ここで引いてしまえば、やはり冷遇されるだろう。

とはいえ……ちょっと早まった言い方だったかも。

「そうか。レクス、貴様……神に何か妙なことを祈ったな？」

「え？」

「お前は昔からそうだった。子供のくせにどこか一歩引いたような、誰もが憧れる竜滅士に対しても冷めたような、何に対しても興味が持てないような、得体の知れない子供だった。ああ、今もだな」

「…………」

ショックだった。

父上は俺に笑顔をよく見せてくれたし、怒られたことは何度もあるが、そこに憎しみなどはない、愛情から来る怒りを感じていた。

でも……今の冷めた言葉は、本心のようだった。

「幸い、フリードリヒとシャルネがいる。それにアミュア……」

「アミュア？」

「そうだ。貴様の出来損ないのドラゴンとは違う、『甲殻種《こうかくしゅ》』の炎属性であるドラゴンだ。まだ幼体だが、成長すればフリードリヒと並ぶ竜滅士になるだろう……フリードリヒにはそろそろ婚約者の一人も欲しいと思っていたところだ」

「……つまり、アミュアを兄上の婚約者に」

「そうだ。ゼリュース子爵家に話を通せば、喜んで送り出すだろうな」

「……そうですか」

「それだ。その冷めたような、どうでもいいような態度……気に食わん」

冷めている。そうだろうか……少なくとも、幼馴染であるアミュアが兄上の婚約者になると聞いて、ショックは受けている。

「シャルネも『陸走種《りくそうしゅ》』の氷属性であるドラゴンだ。ドラグネイズ公爵家の将来は安泰《あんたい》……つまりレクス、お前はもう必要ないということだ」

「では、俺を殺すということですか？」

「………」

　なぜか、父上は驚いたような顔をしていた。

「俺のドラゴンは非力です。父上が剣を突き立てれば簡単に死ぬでしょう。そして、契約したドラゴンが死ねば、俺も死にます……父上は『次男は契約に失敗し、殺された』という理由を作り、俺を殺すつもりなんですね」

「………」

「使いようのないドラゴンと契約したのではなく、偉大なドラゴンに契約を持ちかけたが失敗した、その方がまだ恥ではない」

「………」

「父上。どうか慈悲を与えてくれませんか。俺は家を出ていきます。ドラグネイズ公爵家から除名してください」

「………ッ」

　なぜか父上は、身体を震わせていた。

「もう、好きにしろ!!　今夜中に出ていけ!!」

「はい、わかりました。ドラグネイズ公爵……これまで育てていただき、ありがとうございました」

　俺は頭を下げ、父上……いや、ドラグネイズ公爵の執務室をあとにした。

◇◇◇◇◇◇

部屋から出ると、兄上が壁に寄りかかっていた。

「…………」

すべて聞いていたのか、何も言わない。

俺が頭を下げて通り過ぎる。

兄上は口を開いた。

「お前さ、これからどうするんだ？」

「家を出ます。幸い、ある程度の知識はあるので、野垂れ死にすることはないかと」

「……あれはさすがにないぞ」

「え？」

「お前、父上が追放って言う前に、『俺を殺すということですか』とか言ったよな……父上はそのつもりがなかったが、お前の口から出たことに驚いたんだろうな」

「…………」

「お前……いや、もういい。今夜には出ていくんだな？」

「ええ。兄上、いろいろお世話になりました」

「ああ。それと……シャルネに会っていくな。これは最後の兄としての頼みだ」

きっと、悲しむから。

言葉の最後にそう聞こえた気がした。


自室に戻り、俺は荷造りを始めた。

着替え、使わずに取っておいたお金、護身用の剣、プレゼントでもらった貴金属。

それらをカバンに入れる。

「アイテムボックスか。異世界らしいアイテムがあって助かった」

アイテムボックス。

前世で読んだライトノベルでもよく出たアイテムだ。この世界では普通に存在する。

容量によって値段が変わり、俺はこの中に本などを大量に入れていた。お小遣いで買った本はかなりの数になり、買って読んでいない本も大量にある。

俺の買ったアイテムボックスは指輪型で、一つを蔵書、一つを着替えや身の回りの物、一つを武器、一つを空きとして指に嵌《は》め、その上に手袋を付けた。

アイテムボックスは高価だ。狙われるのは嫌だしな。

偽装用にリュックを背負い、そこに財布と少量の現金を入れておく。

「……野営道具は街で買えばいいか。それと服……あと、貴金属も換金しないと」

追放……あと数時間もしないうちに、俺は家を出る。

精神的にはかなりショックだが……正直、喜びもあった。

「旅、か……」

本でこの世界がライラットという名前で、ここがリューグベルン帝国というのはわかっていた。

だが、世界はまだ広い。

俺の知らない種族、王国などがたくさんある。

俺が右手の紋章から『小さなもふもふしたドラゴン』を呼ぶと、手のひらにポンと現れた。

『きゅぅ～』

「はは、可愛いな。悪いな……これから家を出なくちゃいけないんだ」

『？』

「お前は俺と一緒に、世界を巡る冒険に出るんだ。知ってるか？　冒険だ」

『？？』

ドラゴンは、首をくりくり捻《ひね》る。

「俺はずっと、病院のベッドの上にいた。毎日点滴、苦い薬の連続で、身体は動かないし、毎日痛みとの戦いだった……何度か自宅に戻ることもあったけど、学校にも行けなかった」

『きゅう』

「でも、神様のおかげで二度目の人生を歩み、冒険に出ようとしている。父上はお前のことを『出来損ない』とか言ったけど……俺はそう思わない」

『きゅ……』

「お前。いや……名前が必要だな」

契約をすると、竜名と真名がわかるはずだが、こいつに関してはわからない。

目を閉じ、ふと思い浮かぶのは……転生前、実家で飼っていた柴犬。

入院から一時帰宅すると、玄関で尻尾《しっぽ》を振って出迎えてくれた柴犬。

「お前はムサシ。手乗りドラゴンのムサシだ。どうだ？」

『きゅ……きゅいい!!』

ムサシは嬉しそうにパタパタ飛ぶと、俺の目の前でクルクル回った。

右手を軽く上げると、ムサシは紋章に飛び込む。

紋章……正確には『契約紋章』で、契約したドラゴンは紋章の中に住み、契約者が望むと召喚される。

俺はカバンを背負い、部屋を出た。


「あ……シャルネ」

シャルネの部屋は、少し離れた場所にある。

今日はアミュアも一緒に泊るはずだ。

挨拶……そう思ったが、兄上に『会うな』と言われた。

それは優しさだろう。でも……やはり、可愛い妹に別れは伝えたい。

シャルネの部屋の前に到着し、ドアをノックしようとした時だった。

『あ〜、お兄ちゃんのドラゴン、なんだったのかなあれ？』

『さあね。でも、戦えるとは思えないわ。たぶん、竜滅士にはなれないわね』

『確かに。じゃあどうするのかな？』

『さあ？　まあ、分家に出向か、そのまま追放……』

俺はドアをノックするのをやめた。

まあ、そうだよな。

俺は気にしていないけど……やっぱり、シャルネやアミュアの将来で邪魔になる。

そのまま何も言わず、俺は家をあとにした。


屋敷を出て、夜の道を進む。

「星、すごいな……」

空がキラキラしている。

不思議と足が軽い。

出発前、俺は家の裏に回り、母上の墓前に手を合わせた。

「母上、俺の二人目の母上……行ってきます」

さあ、旅立とう。

まずは……城下町で、旅の支度《したく》かな。

◇◇◇◇◇◇

『追放って……そんなのダメだよ‼　お兄ちゃんが追放なんて……』

『大丈夫よ。その……えっと、最悪の場合だけど、私がその、レクスと結婚して守るから』

『え‼　お兄ちゃんとアミュアが⁉』

『う、うん。あ、あ、あいつが嫌じゃなければ、だけど』

『やったあ‼　あたし、嬉しい‼』

『う、うん……ありがと、シャルネ』

真実は、伝わらないまま終わる。

3　まずは準備

リューグベルン帝国首都ハウゼン。

夜だというのに町は明るく活気にあふれている。

道行く人の多くは大人。開いている店は酒場や大衆食堂ばかり。野営道具を買おうと思ったけど、開いてる店はなさそうだな……まあ、仕方ない。

俺は、町の中心部に移動。その周囲にある宿屋を探す。

町はずれや裏通りにある宿は治安の意味であまりよろしくない。大通りにある宿屋なら、人通りも多いし安心だ。

俺が入ったのは『ホテルメッツ』という宿。受付のおじさんに挨拶する。

「一泊お願いします」

「はいよ。一泊朝食付きで銀貨一枚だ」

銀貨を出し、部屋の鍵をもらう。

二階の一番奥。窓を開けると町がよく見えた。

俺はカバンを下ろし、ベッドにダイブ。そして紋章からムサシを呼んだ。

『きゅるる』

「やあ、元気かい」

ドラゴンは、宿主の魔力を餌《えさ》とするため、基本的に飲食はしない。

まあ、飲食も魔力の代わりになるが……竜滅士でドラゴンに飲食させている人は見たことがない。

ドラグネイズ公爵家、そして分家の竜滅士たちにとってドラゴンは『道具』……正直、俺にはその考えが理解できない。

ドラゴンだって生きている。神の遣いとか言われているけど……俺は、友人でありたいと思う。

ムサシをそっと撫でると、俺の頭にダイブする。

『きゅるる……』

「はは、そこが気に入ったのかい？　じゃあ、好きにしていいよ」

俺はベッドから降り、備え付けのソファに座り、テーブルの上に持ち物を広げた。

「さて、今あるのは……着替えに剣、お金、水筒、ナイフにロープ、本に筆記用具くらいか」

屋敷にあった俺の荷物で使えそうな物を持ってきたが……ろくな物がない。

まあ、キャンプとか野営を想定して物を買うなんてなかったしな。

「でも、お金があるのはありがたい。これは公爵家に感謝だな」

日本の病院にいた時は、毎月お小遣いをもらっていた。入院生活で入用だし、両親は病気をしていた俺を『普通の子供』と同じように育てたいという意味で、毎月お小遣いをくれていた……まあ、ほとんど使わなかったけど。

ドラグネイズ公爵家では、年に一度『支援金』というのをもらい、その金を元に事業をしたり、分割して小遣いとして使ったりする。まあ、小遣いを一年分一気にもらい、あとは自由にしていいということ。それとは別に欲しい物があったら言え、みたいな感じだ。

まあ、事業に手を出すことはないし、お金遣いも荒くはない。なのでこれまでの支援金はかなりあるし、しかもつい最近も入ったばかり。

何もしなければ、数十年くらいは平民の生活ができる……感謝感謝。

「明日、買う物をリストアップしておくか。よし……さっそく日本で覚えた知識が役に立ちそうだ」

俺は、必要な物をリストアップしてみることにした。

入院生活が長かったので、退院したらやってみたいことを考え、それをやるにはどうすればいいのか……という感じで、いろいろな本を読んでいた。

その中の一つに『キャンプ』がある。実践したことはないけどね。

「テント、寝袋、コンロ……はないな。折り畳みの椅子、テーブルに、食器と」

メモするだけで、俺はワクワクする。

いつの間にか頭の上で、ムサシがスヤスヤ眠っていた。

◇◇◇◇◇◇

翌日。

チェックアウトし、俺は道具屋へ向かう。

何度か城下町には来たことがある。というか、十六年間住んだ町だ。規模が大きくても、どこに何があるのかはわかるし、地図くらいは持っている。

向かったのは、町一番の道具屋……町一番とは言うが、コンビニくらいの大きさの建物だ。

店に入ると、店員が一人カウンター席に座り、もう一人は掃除をしている。

俺に気づくと、掃除を中断して来てくれた。

「すみません。旅支度をしたいんですが、このメモにある道具を準備してもらえませんか？」

「かしこまりました、少々お待ちください……お客さん、これから旅行ですか？」

「旅に出ます。恐らくもう、戻ってこないと思いますので……」

俺がそう言うと、カウンター席に座っていたおじさんがこっちを見た。

そして、かけていた眼鏡をずらして言う。

「……お客さん、ちょっとこっちへ」

「はい？」

近づくと、おじさんが言う。

「……失礼いたしました。まさか、ドラグネイズ公爵家の、レクス様とは知らず」

「あ、いえ。もうドラグネイズ公爵家の者じゃありません。いろいろ事情があって、家を出ることになったので」

驚いた。まさか、俺の正体を知っているとは。

道具屋のおじさんは少しだけ目を見開き、すぐに頭を下げた。

「昨日は竜誕の儀で、公爵令嬢とその親戚がドラゴンを授かったと聞きました。しかしそれ以外の話は一つも出なかった……そして今日、あなたは旅に出るという」

「………」

「申し訳ございません。これ以上は何も聞きません。ところで、そのメモを見せていただけませんか？」

「は、はい!!」

おじさんがメモを見ながら、俺に言う。

「なるほど。野営用の道具ですな。使い方はわかりますか？」

「ええ、なんとか」

「わかりました。それと、ワシの経験からすると、足りない物がまだありますな。どうです？　とりあえず用意しますんで、ご購入を検討されては？」

「それは助かる。よろしくお願いします」

道具屋のおじさんは、旅に必要な道具をすべて揃えてくれた。

俺が考えたのはあくまで『最低限必要な物』で、おじさんはさらにそこへ『旅を快適にするための道具』を追加してくれた。

使い方を教えてもらい、さらにアイテムボックスになっている軽量のリュックを用意してくれた。おじさんは俺が指輪のアイテムボックスに大事な物を入れているのをお見通しだった。経験者と言っていたけど、さすがだ。

おじさんは、俺の恰好を見て言う。

「それと、その恰好も変えた方がいいですな。平民風にしたつもりでしょうが、まだ貴族の小綺麗《こぎれい》さがあります」

おじさんが用意してくれたのは、動きやすいジャケットにズボン、ブーツ、マフラーだ。

ジャケットには鉄板が入っており防御力もあるし、ブーツにも鉄板が入っている。マフラーは……なんだろう？　オシャレなのかな？

「こいつは、ワシが冒険者をやっていた頃に使っていた装備です。こちらは無償でお譲りしますよ」

「ええ？　で、でも」

「構いません。それと、武器はお持ちで？　あるなら出しておいた方がいい」

「一応、あります」

出したのは、実家から持ってきた剣が二本。

「二本？」

「その、二刀流なんです」

「ほお、これは珍しい……」

実は、その……これも入院中に読んだ漫画の影響だ。

剣を使って戦うマンガはよくあった。でも、俺が一番好きだったのは、宮本武蔵《みやもとむさし》の漫画だ。

二天一流《にてんいちりゅう》……二刀流。

竜滅士はドラゴンを武器とするが、自らも武器を持って戦う戦法もある。なので俺は、これまで読んだ漫画の知識を総動員して、二天一流モドキっぽい剣技を習得した。

おじさんは専用のベルトを即興で作り、剣を差してくれる。

「ふむ。これで冒険者っぽく見えますな」

「あの、冒険者に見えた方がいいんですか？」

「ええ。一人旅となると、盗賊や野盗に狙われることもありますからね。武器を下げ、冒険者として独り歩きした方が襲われる確率がずっと下がります……せっかくなので、このまま冒険者としてギルドに登録するのはどうです？」

なるほど。冒険者か。

異世界系の漫画ではほぼ確実に出てくる職種だ。

冒険者として世界を巡る……ある意味、異世界テンプレだな。

「わかりました。確かに、そっちの方が都合がよさそうだ」

支払いをして、リュックを背負い、準備は完了した。

「おじさん、ありがとうございました。その……どうしてここまでよくしてくれたんですか？」

「……ワシも、元貴族で冒険者だったからですよ。実家を飛び出して、冒険者として成り上がり……今は、この店を開いて今に至ってます」

「えっ……」

「不思議と、あなたを見ていると昔の自分に重なってね。手助けしたくなっただけですよ」

「おじさん……」

俺はおじさんに頭を下げ、店を出た。

「ありがとうございました。お気をつけて」

おじさんの声が聞こえ、俺は歩きだす。

向かうは冒険者ギルド。そこで登録し、冒険者として世界を巡る旅に出よう。

4　異世界のテンプレ、冒険者ギルド

冒険者スタイルになった俺は、城下町の中心にある大きな建物、冒険者ギルドにやってきた。

冒険者ギルド……まさに異世界のテンプレ。

追放系でもよく冒険者ギルドに登録するが、まさか自分でそれを実践することになるとは思わなかった。

ギルド内に入ると、中はかなり広かった。

「すごいな……」

横一列に並ぶ受付カウンター、大きくいくつも並んでいる依頼掲示板、二階に上がる階段があり、二階は酒場になっているのか酒盛りする冒険者たちが多い。

まだお昼前なのに……すごいな、冒険者。

「……っと。まずは登録か」

とりあえず、適当なカウンターへ。

異世界では美人で可愛い受付嬢が定番だ。現にほとんどのカウンターが美女、美少女受付に見える。

なんとなくそれぞれを見て、俺は一番端にある受付へ。

「……いやー、まさかオレのところに来るとは思わんかった」

開口一番、そのセリフだ。

それもそうだ。俺が選んだのは、初老で眼鏡をかけたオールバックのおじさん受付だ。

俺は言う。

「まあ、普通の若い男だったら、ここにいる可愛くて綺麗な受付嬢のところに行くでしょうね。決してそういうのに興味がないわけじゃないですけど、俺は冒険者になるためにここに来たので、経験豊富そうで説明が上手そうなあなたのところで説明を受け、登録しようと思いました」

「――――は。はっはっは!!　いやあ、若いくせに面白いな」

受付の態度ではないが、おじさん受付は笑った。

さらに驚いた。なんと受付のおじさん、煙草《たばこ》を取り出して火をつけたのである。

「まあいい。お前、冒険者になりたいのか？　だったら経験豊富そうで説明上手なオッサンが教えてやるよ」

「ありがとうございます。よろしくお願いします」

この受付のおじさん、かなり大物な予感……異世界転生系でありがちな感じがする。

冒険者。

要は『なんでも屋さん』だ。魔獣の討伐、住人の依頼、ダンジョンの調査などをしてお金を稼ぐ職業。

冒険者には等級があり、F級から始まり、E～Aと昇格をして、最上の等級であるS級がある。

等級によって受けられる依頼は決まっている。等級が上がれば上がるほど稼げるようになるが、危険な依頼が多くなる。

「……まあ、こんな感じだ。質問あるか？」

「いえ、テンプレ通りです」

「は？」

「あ、いえ。なんでもないです……」

おじさんは煙草の灰を灰皿へ落とす。

「お前、魔法は使えるか？」

「……使えないです」

「なるほど。その双剣が武器か」

魔法……か。

竜滅士は、ドラゴンを使役するために一般的な魔法は使えない。

魔力が餌。ドラゴンの大事な食料であるからな。

だが……竜滅士にだけ使える『竜魔法』というのが存在する。ドラゴンの力を借りた、このライラット世界にある六つの属性、地、水、炎、風、雷、氷とは一線を画《かく》す属性だ。

竜滅士だけが使える七つ目の属性『竜』こそ、この世界最強……竜滅士が最強である証。

とはいえ俺は、ムサシを召喚できるようになったが、竜魔法が使えるようになったわけじゃない。

「ふーむ。ソロじゃ少し厳しいかもな……仲間ぁ作るのはどうだ？　先日、いくつか新人が登録をしてチーム結成したが、紹介できるぞ？」

「いえ。しばらくはソロでやろうと思います」

仲間がいると、自由に旅をできないからな。

それに、相棒はもういる……今は紋章の中でお昼寝中だけどね。

「わかった。じゃあ、こっちの紙に名前、年齢とジョブを記入してくれ」

「ジョブ？」

「職業だよ。剣士、魔法師、弓士とか……お前は双剣士か。そう書けばいい」

「わかりました」

名前はレクス、歳は十六歳、ジョブは双剣士……と。

書いた紙を渡すと、おじさんはそれをプリンターのような機械……じゃなくて、魔力で動く『魔道具』だな。それに入れる。

すると、魔道具からカードが出てきた。

「ほれ、冒険者カードだ。こいつについて説明するか？」

「お願いします」

「おう。こいつは見たまんま、冒険者の証だ。面白いのは、身分証であると同時に入金、支払い機能も付いている。支払い専用魔道具があるところなら、このカードに入金した金額内であれば自動決済される仕組みだ。こいつは本人しか使えないし、強盗に遭っても『金はカードにしかない』って言えば見逃されることもあるぜ」

「なるほど。電子マネーみたいなもんか……」

「でんし、マネー？」

「ああこっちの話です」

異世界で電子決済できるのはありがたいな。

ちなみに入金は冒険者ギルドでしかできない。ギルドの隅に箱型の魔道具があり、そこにカードを入れて現金を投入すればいいそうだ。さすがにスマホでチャージってわけにはいかないな。

「支払い用の魔道具は世界各地に置いてある。今じゃ、新しく店を開く場合は設置義務があるくらいだぜ」

「へえ、便利ですね」

「ああ。だが、持ち金全部入れるようなことはしない方がいい。現金のみの店もまだまだ多いからな」

「わかりました」

せっかくだ。白金貨一枚くらい入れておこうかな。

異世界でカード決済……けっこう面白いな。

「説明はこんなところだ。次は依頼の受け方だが……」

依頼掲示板にある依頼書を選び、カウンターに持ち込む。

そこで依頼の確認をして依頼開始。

「詳しいことは依頼書に書いてあるから、ちゃんと読むようにな。初心者はまず、町のドブ浚《さら》い、ゴミ拾いや公園の掃除、薬草採取がメインになるな」

「なるほど……」

「それと、必要なモンは二階のショップで買える。ソロでやるなら回復薬や保存食を買っておけ」

「わかりました。ありがとうございました」

「おう。いやあ……お前、ほんと礼儀正しいな。まるで貴族の坊ちゃんだぜ」

ぎくりとした……元貴族ってバレたくない。

というか、実家近くのこの冒険者ギルドで登録して、しばらく冒険者やるのは問題があるんじゃないのかな。

ここでは登録だけして、違う場所で依頼を受けるか。

「あの、ここから一番近い冒険者ギルドってどこですか？」

「あん？　リューグベルン帝国圏内だと……」

「あ、できれば圏外で」

「おいおい。国外でいきなり冒険者やるのか？　少し経験積んでからのがいいぞ？」

「あー……じゃあ、圏内で。できれば帝国中心部から遠いところがいいです」

「ったく。それなら東にあるルロワの街だな。風車の国クシャスラの国境付近だ」

「クシャスラ……」

風車の国クシャスラか。

そしてその前にあるのは、国境の街ルロワ。

よし、まずはルロワを目指していくことにしよう。

「おじさん、ギルドの登録ありがとうございました」

「おう。冒険者ギルド受付歴三十年、ベテランのモンドとはオレのことよ。覚えておきな」

ああ、てっきりギルドマスターが趣味で受付やってるのかと思ったが……経験豊富なベテラン受付ってだけだった。まあ、ギルドマスターとか出てきて『面白いやつだ』とか思われなくてよかったかも。

俺は頭を下げ、そのままギルドをあとにした。

「よし。目的地はルロワの街。今日は食料を買って、宿で休むかな」

旅立ちは明日。ようやく、冒険に出られそうだ。

5　いざ国境の街へ

冒険者登録をした夜。

俺は荷物の確認を終え、紋章からムサシを呼び出し、ベッドの上で戯《たわむ》れていた。

「ムサシ、明日はいよいよ出発だ。目指すは国境の街ルロワ。そして帝国圏外……風車の国クシャスラだ」

『くるる……』

ムサシは首を傾げ、小さな羽をパタパタさせる。

改めて見る。ムサシ……この子がドラゴンとして召喚されたのは間違いないけど、どういう種類のドラゴンなんだろうか？

「なあ、お前の本当の名前はなんなんだ？」

『きゅ？』

真っ白い毛に覆われたドラゴン。手に乗せると丸くなり、毛玉を乗せているような感じがする。

柔らかく、人肌よりも少し温かい感じ……ずっと触りたくなるな。

「不思議なドラゴンだ」

ドラゴン。

召喚されたドラゴンは、その姿によって大きく五つに分類される。

一つ目は、身体が甲殻で覆われた『甲殻種』だ。硬い鱗《うろこ》と言えばいいのか、全身がゴツゴツしているのが特徴で、防御に優れている。

二つ目は『陸走種』だ。この形態は四足歩行が特徴で、姿は犬や狼みたいな形状をしていて、速度に特化したドラゴンだ。爪や尾より牙が発達しており、近接戦闘に特化した個体である。

三つ目は『羽翼種《はよくしゅ》』だ。その名の通り、翼の発達したドラゴンだ。空中戦が得意であるが、個体としての大きさはそれほどでもないのが特徴である。

そして四つ目が『人型種』だ。こちらは人間の姿に近い姿で、爪も翼も牙もあるが平均的な力で、特徴がないのが特徴みたいな姿をしている。オールラウンダーと言えばいいのか、竜滅士にとって一番理想なのが人型種らしい。

そして最後。この四つのどれでもない姿……『特異種』である。

特異種のドラゴンは強大な力を持ち、現在では父上を含めた六人しか確認されていない。

その六人を『六滅竜《ろくめつりゅう》』と呼び、ドラグネイズ公爵を筆頭とした帝国最強の竜滅士として世界で知られている。

「ムサシは……特異種なのかな」

『きゅうう』

特異種は生まれつき強大な力を持つ。

昔、六滅竜の一体が儀式で召喚された時、あまりの強大さに儀式場が半壊したなんて話もある。

あまりにも小さなムサシは、特異種ではないな。ただ小さいだけのドラゴンだ。

「ま、いいか。ムサシは旅の相棒で、俺の異世界での友人だ」

『きゅう！』

「はは、なんだお前。嬉しいのか？」

ムサシが俺の手の上でコロコロ転がって丸くなる。

何度か突いてみると、嬉しそうにきゅうきゅう鳴いた。

まあ、ムサシの種類はなんでもいい。これから異世界を巡る旅を楽しもうじゃないか。

◇◇◇◇◇

翌日。

俺は宿を出て、朝食を露店の串焼きや野菜スープで済ませ、さっそく旅に出た。

正門を抜けると、そこはもう帝国の外。まだ帝国圏内だが『旅に出る』って感じがする。

「異世界モノだと、盗賊に襲われている馬車がいたり、それを助けてヒロインが登場なんてお約束かな。それか、ゴブリンに襲われているところを俺が助けて惚れられるとか……」

まあ、そんなご都合展開はないと断言する。

まず、ここはリューグベルン帝国領土の街道だ。

広く整備された街道には馬車が行き交い、依頼を受けた冒険者チームや商人の馬車、それと徒歩の旅人などが多く通行する……まあ、魔獣は徹底的に排除され、子供ですら普通に出歩けるほど平和な街道なのだ。

「しばらくはのんびり歩けるな。えーと……地図」

地図を出して確認する。

だいたい十キロくらい歩いたところに村がある。そこで休憩して、もう一つ先の村まで行って今日は休もうかな。到着するのは午後の三時くらい、ちょうどおやつの時間である。

「別に目的があるわけじゃないし、焦らずのんびり行こう。これは異世界を楽しむ旅だしな」

徒歩でほぼ二十キロ以上……でも、若い十六歳の身体。さらに竜滅士になるために鍛えていたので、徒歩で二十キロなんて大したことはない。

「鍛えておいてよかった……自慢するわけじゃないが、腹筋とかバキバキに割れてるんだよな。入院してた時も、スポーツ関係の本を読んでトレーニングメニューとか作ったし……それが異世界で活かされるなんて、考えていた当初は思いもしなかった」

今更だが、独り言が多い俺……よし。

右手を差し出し念じる。

「『召喚《サモン》』」

『きゅい！』

現れたのは、相棒のムサシ。

竜滅士だってバレると厄介だし、ドラグネイズ公爵家の関係者だってバレるのも面倒だけど……ムサシを見てドラゴンなんて思う人はいないよな。

一般的なドラゴンは、漫画やアニメで見るような立派な姿だし。

マスコットキャラ……うん、ムサシは友人だし、ずっと紋章に入れておくのも悪いな。

ムサシを肩に乗せて言う。

「ムサシ。これからは俺の相棒として、一緒に異世界を見て回るぞ」

『きゅう‼』

「あと、人前ではドラゴンっての内緒な。そうだな……まあ、リス……うーん。まあ、小動物」

『きゅいい‼』

「いてて⁉　わ、わかったわかった、耳を噛むなって‼」

小動物扱いはダメらしい。

とりあえず、何か聞かれたら『怪我していたので拾ったら懐いた生物』ってことにしておくか。

◇◇◇◇◇◇

歩くこと数時間、最初の村に到着した。

「到着。えーと……あ、こんにちは」

「ん？　ああ、こんにちは」

俺は、村の入口に立っていた青年に挨拶。

手に槍を持っていた。どうやら守衛らしい。

「あの、ここはなんて村ですか？」

「クレドの村だけど……兄ちゃん、珍しいな。ここはただの通り道みたいな村だ。名前を聞くやつなんて久しぶりだよ」

「あはは、そうですか？　何か有名なのあります？」

「有名ね……さっき言った通り、ここは通り道みたいな村だ。ほら、帝国の中心からそこそこ近いし、メシを食うために寄ってく商人や旅人が多くてな。村に行けばそこそこの数の飯屋があるぞ。おススメは、山キクラゲの香草炒めだ」

「おお、いいですね。ちょうど腹減ってて」

「ははは。安くてうまい、いい店だ。それと……その肩の、なんだ？」

おお、ついにムサシを指摘された。

さて、ちょうどいい……試してみるか。

「実は、怪我してたのを拾いまして。種類はよくわからないんですけど、可愛いし懐いてるんで旅のお供にしてます」

「へえ、魔獣っぽいが……まあいいか。ああ、ここではいいが、デカい街に行く時は気をつけた方がいい。獣魔《じゅうま》登録をしておくといいぞ」

「じゅうま？」

「知らないか？　飼育した獣魔を武器として使うジョブでな、テイマーってのがある。テイマーはあらかじめ、冒険者ギルドに使役する獣魔を登録しなくちゃいけないんだ。だが、テイマーに関わらず、戦闘系の獣魔を連れ歩く場合登録義務があるから、小さくても登録はした方がいい」

「なるほど、知らなかった」

そういえば、昔読んだ異世界系の漫画でもテイマーってあったな。

獣魔登録か。俺はテイマーじゃないけど、ムサシを登録しておいた方が安心かな。

ルロワの街でやっておくか。

「ありがとうございました。ルロワの街に行ったら登録してみますね」

「おう。じゃあ、よき旅を」

さっそく村の中へ。

守衛さんが言った通り、村の中は飲食店が多い。

それに、馬車を止めるスペースもかなりあるし……村というか、高速道路のサービスエリアみたいな場所だな。

「山キクラゲの香草炒めだっけ……どんな味かな」

『きゅるる』

「おっと。お前も腹減ったか？　そうだな……獣魔登録するまでは人の多いところは避けるか。ほら、戻って俺の魔力いっぱい食べていいぞ」

『きゅうー』

ムサシが右手の紋章に飛び込むと、少しだけ魔力が減る感じがした。

さて、俺もメシにするか。

そこそこ繁盛している飯屋に入り、カウンター席に座る。

「ご注文は？」

「山キクラゲの香草炒めありますか？」

「ああ。うちの人気メニューさ」

迷わず注文。

運ばれてきたのは、キクラゲと肉野菜の炒め物だ。しかもたっぷり香辛料がかかっていて、すごく味の濃そうな香りがする。

そして、一緒に運ばれてきたのはなんと米!!　そう、この世界……米があるのだ。

貴族は『庶民の食べ物』と言うので、実家の食卓に並ぶことはなかったが……存在を知った時は本気で喜んだ。食う機会は全くなかったけどな!!

でも、目の前にあるのは丼《どんぶり》メシ……そして肉野菜とキクラゲの炒め物。

これはテンション上がる。

「いただきます!!　うまいっ!!」

塩コショウ、香辛料たっぷりの肉野菜。コリコリした山キクラゲのなんとも味の濃いこと。しかも、米が滅茶苦茶合う。人気メニューってのも納得できる。

「ご飯のおかわり自由ですのでー」

「おかわり!!」

これはおかわりしかない。

俺はご飯を三杯おかわりし、完食するのだった。


最高の味だった。

店を出て、お腹をさすりながら村を出た。

「あー……美味《おい》しかった」

『ぴゅいいい』

山キクラゲ、村にあったお土産屋にいっぱい売ってたから買ってしまった。

それと香辛料。いやー、いい買い物したよ。

「キャンプの時にでも作ってみるか。ふふふ、今から楽しみだ」

『きゅう』

自分で作る時は、ムサシにもごちそうするか。

ちなみに、米を炊く用の飯盒《はんごう》も買ってある。道具屋のおじさんにおススメされた一つだ。

いい気分のまま村を出て歩く。

今夜泊まる村まであと二時間くらいかな。

「あの」

「え？」

そう思っていると、声をかけられた。

振り返るとそこにいたのは、杖を持った少女。

「これ、落としましたよ」

「あ」

ポケットに入れておいたハンカチだった。

慌てて受け取り頭を下げる。

「あ、ありがとうございます」

「いえ」

『きゅうう——』

「きゃっ」

肩にいたムサシが鳴いたので少女が驚いてしまった。

俺はムサシを手で押さえる。

「す、すみません。驚かせちゃって」

「いえ。ふふ、かわいいですね。獣魔ですか？」

「ええ。まあ……まだ登録してないですけど」

「そうなんですか？　じゃあ……ルロワの街に行くんですか？」

「ええ、まあ」

「…………」

な、なんだろう。この子……俺をジッと見てる。

そして、少しモジモジしながら言った。

「あの……わたしもルロワの街に行くんですけど、よかったらご一緒していいですか？」

あ——……これ、異世界系の漫画でよくある『美少女の唐突な同行イベント』だな。

6　親近感

長い薄青色の髪、厚めのローブにロングスカート、髪飾りは羽を模した物でよく似合っている。

顔立ちは可愛い。異世界で出会うヒロインにありがち……というか、普通に可愛い少女だ。

首飾りをして、手には杖を持っている。

俺が見ているのに気づいたのか、少女は慌てて言う。

「あ、わたし……エルサって言います。その、新人冒険者で、十六歳です」

「えっと、俺はレクス。同じく新人冒険者で十六歳です」

少女……エルサが冒険者カードを見せてくれたので、俺も見せる。

俺と同じ、作ったばかりみたいな新品さだ。

互いに挨拶すると、エルサが言う。

「そ、その……ルロワの街に行くのなら、同行してもいいですか？」

「え、えっと……」

何も考えていない異世界転移の主人公なら「いいよ」と軽く言ってハーレム第一号にするんだろうけど……俺は少し悩んだ。

そもそも、なぜ俺？

ふと、帝国からの追っ手……と考えたが、そもそも出ていけと言われたのに追っ手もクソもない。

俺が警戒しているのに気づいたのか、エルサが慌てて言う。

「あ、いえ、その……ダ、ダメならいいです。ご、ごめんなさい」

「ああいや、その、いきなりなので……」

「そ、そうですよね……その」

初対面。しかも同い年の女の子。

アミュアとかシャルネとは同世代だけど、これはちょっと対応に困る。前世でも女の子としゃべる機会なんてほとんどなかったし、看護師のおばさんとはよくしゃべったんだがな。

とりあえず咳払い。

「えっと、俺と冒険者パーティーを組みたい、ってことでいいのかな？」

「あ、そ、それで。それでいいです」

「は、はあ……でも、俺は先日登録したばかりの新人だし、急ぎでルロワの街に行くつもりはないし、もしきみに用事があるなら、やっぱり一緒に行くのは厳しいかもだけど……」

これは事実。

そもそも俺の旅に目的はない。異世界を楽しむ観光旅行みたいなものだから、急ぐつもりなんて欠片《かけら》もない。

ルロワの街に行くって言ったが、もし道中で面白そうな場所があれば、寄り道する気満々である。

すると、エルサが首を横に振った。

「わたしも同じです。その……特に予定はありません。ただ……ここにはもう、いられないので」

「…………？」

訳アリの匂いがする。

どこか悲しそうに杖を強く握って顔を伏せ、次に顔を上げた時はつらそうに笑っていた。

俺はつい聞いてしまう。

「……何か、あったんですか？」

「…………」

エルサは、何も言わずに頷いた。

うーん、ここまで話を聞いて「とりあえず一人で行くんでさよなら～」とはできない。

エルサも悲しそうだし……仕方ない。

俺とエルサはしばらく一緒に歩き、街道に隣接している茶屋に足を踏み入れた。

◇◇◇◇◇◇

「へえ、お茶屋さんか……」

こっちの世界にもドライブインみたいなところがあるのか。

飲食店兼喫茶店みたいな。旅の休憩所のような場所で、食事したり買い物したり休憩したりできるらしい。すぐ隣に宿屋もあり、なかなか便利だ。

「オスクール商会が世界中に設置している休憩所みたいです」

「オスクール商会……へえ」

エルサ曰く。

オスクール商会は物を売るのではなく、サービスを売る商売をメインにしている。

国家間同士の街道を整備したり、街道沿いにこのようなドライブインを設置したり、特別料金を取って街道間の近道を提供したりしている。

休憩所に無償の地図があったので手に取り、休憩所の隅っこにある椅子に座って確認する。

「すごいな……!!　これ、詳細な世界地図だ」

「オスクール商会の地図はこの世で最も正確な地図って言われてまして、国家間を繋ぐ街道は、オスクール街道って言うんです」

地図には七つの国がある。

それぞれ地水火風雷氷を司る六つの国と、竜を司るリューグベルン帝国だ。

それぞれの国に主要な街道があり、すべてオスクール街道と書かれている。他にも枝分かれした道があり、主要街道を通って行くのもいいし、脇道を進みながら行くのも楽しそうだ。

地図だけでワクワクしていると、エルサがクスッと笑った。

「えっと、な、なに？」

「あ、ご、ごめんなさい……その、すごく楽しそうだったから」

「まあ、目的のない旅だしね。まずは風車の国クシャスラを拠点にして、しばらく観光しようと考えてる。ルロワの街では相棒の獣魔登録をしないとな」

「……そう、ですか」

さて……俺は地図を閉じてカバンに入れる。

「あのさ、エルサさん。その……一緒に行くのは構わないけど、何か抱えてるなら話くらいは聞くよ」

「……いいんですか？　その、重い話ですけど」

「ま、まあ……若い女の子が一人で冒険者登録して、見ず知らずの俺に声かけるくらいだし……大変な事情はあるんだろうな、とは思う」

「ふふ、レクスさんって面白いですね」

面白い、かな……？

エルサはクスッと微笑《ほほえ》み、語りだした。

「わたしの本名は、エルサ・セレコックス……リューグベルン帝国、セレコックス伯爵家の長女でした」

長女、でした……過去形か。

というか、セレコックス伯爵家は知っている。確か水魔法の名家だったはず。

「わたし、一週間ほど前まで、リューグベルン魔法学園に通っていました。水魔法の使い手として、一級認定を受けたばかりで……」

「一級……すごい」

魔法師には等級がある。

三級から始まって二級、一級。そして魔法師の最上級である特級。

三級から二級に上がるのはそう難しくない。だが、二級から一級に上がれるのは選ばれた者だけで、三年に一度の試験を受けて合格しなくてはならないが……この試験を突破できるのは、千人受けて一人いるかいないかのレベル……難易度が高いなんてもんじゃない。

ちなみに竜魔法には等級がない。そもそもなれること自体が『選ばれし者』だから。

というか、十六歳で一級……とんでもないな。二級魔法師の中には三十年以上試験を受け続けても合格できない人もいるのに。試験を受ける人たちの年代はおじさんおばさんばかりとも聞いた。

「わたしには、婚約者がいました。でも……婚約者は一級試験に合格できず、さらにわたしの妹と……その、いつの間にか深い関係になってまして。それで……妹と婚約者、二人で共謀し……私に無実の罪を着せて、婚約破棄に追い込み……勘当されました」

「…………」

ま、マジか。

というか……異世界あるあるで言う『婚約破棄』が、俺の知らないところで起きていたとは。

「無実の罪って？」

「……魔法学園に通う妹に嫌がらせを繰り返した、ということです。もちろん、そんなことしてません」

「…………」

「終業式の最中、大勢の前で婚約破棄を言い渡され、醜態《しゅうたい》をさらしたということで実家からも勘当。一級魔法師なら冒険者になって生きていけるだろうと、そのまま追放されました」

「うわあ……」

「それで、あてもなくフラフラして、どうしようか悩んでいるうちに、あなたの落ちたハンカチを拾いました」

「なるほど。それで……なんで俺に声を？」

「その……冒険者ギルドで登録したら、いろいろなチームに声をかけられて。今は誰も信じることができなくて、逃げ出しちゃったんです。それで、リューグベルン帝国にはいられないと思って、ひとまずルロワの街に行こうとしたら……わたしと同じ、一人で歩いていて、でもなんだか楽しそうなあなたを見て、羨ましくなっちゃって……」

なるほどな。

なんというか、これも因果なのかな。

俺は無能の烙印《らくいん》を押されて追放、この子は婚約破棄されての追放。異世界のテンプレだが、まさか追放されてすぐに知り合うとは。

それに……ここまで話されたら、俺も言うしかないよな。

「あの、エルサさん。あなたの事情は理解した」

「……はい」

「じゃあ次は、俺の話を聞いてくれないか？」

「……え？」

俺は、エルサにドラグネイズ公爵家で起きたことを説明した。


「つど、ドド……ど、ドラグネイズ公爵家……!?」

エルサは驚いていた。

そりゃそうだ。セレコックス伯爵家とは格の違う名家だしな。

「りゅ、竜滅士って……あ、あなたがですか？」

「そうとも言えるし、違うとも言える。俺は相棒のムサシと契約したけど、竜名もわからないし、竜魔法も使えない。白いフワフワした可愛い相棒ができただけだよ」

「そ、そうなんですね……」

まだ驚きを隠せないエルサ。

まあ、貴族からしたらドラグネイズ公爵家は雲の上の存在だ。

「とりあえず、俺もエルサさんも貴族じゃないし、ただの冒険者だ。あまり畏《かしこ》まらなくていいですよ」

「は、はい」

「それにしても……なんというか、境遇が似てますね」

「……ふふ、確かに」

エルサは、ようやく笑ってくれた。

うん、これも運命かな。

「あの、エルサさん。俺はこれから相棒と一緒に世界を旅します。ずっと公爵家っていう籠《かご》の中で生活していましたし、知識があるだけで実際の世界がどういうものなのかわからない。だから、これから時間をかけて見て回ろうと考えています」

「……はい」

「もしよかったら。その……一緒に行きますか？　俺もムサシだけじゃ寂しいし。あ、男と二人旅ってのが嫌なら、ルロワの街までだけ一緒で構わないんで……」

「行きます」

「……え、即答？」

「はい。わたし、まだいろいろと吹っ切れていませんけど……レクスさんとなら、楽しい思い出を作れると思います」

「……エルサさん」

「あ、呼び捨てで構いませんよ。エルサで」

「じゃあ、俺もレクスで」

「わかりました。レクス……これから、よろしくお願いします」

「ああ、よろしく、エルサ」

俺は手袋を外し、こそっとテーブルの上に手を向ける。

「『召喚《サモン》』」

『きゅい！』

お茶屋に入る前にしまっておいたムサシを呼び、手のひらの上に乗せてエルサに向ける。

「ムサシ、今日からエルサが仲間になった。ほら、挨拶」

『きゅうう』

「わあ、かわいい〜。よろしくね、ムサシくん」

『きゅいい！』

ムサシはパタパタと羽を動かし、口から小さな炎を噴いた……って!!

「おま、炎なんて噴けたのか!?」

『きゅ?』

「え? ドラゴンって火を噴けるんじゃないんですか?」

こうして、俺の旅に新しく、魔法師のエルサが仲間に加わったのだった。

7 初めての野営

エルサを仲間に加え、俺とエルサとムサシの旅が始まった。

さて、仲間だ。特に意図したわけじゃないが、女の子の仲間だ。

やはり、旅をする上で大事なことはいくつもある。

俺は肩の上で眠るムサシを撫でながら言う……器用に寝るなあ。

「あの、エルサ。これから一緒に旅をするわけだが……」

「はい」

「その、いろいろ確認しておこう。快適な旅をするためには、互いを理解しなくちゃいけないしな」

「確認ですか? えっと……」

「まず、持ち物だ。俺はアイテムボックス持ってるけど、エルサは持ってるか？」

「はい、着替えとかはこちらのアイテムボックスに。お財布とか、大事な物はこっちで、カバンの中には現金を少し入れてます」

「おお、俺と同じだ」

防犯的な意味で、アイテムボックスに大事な物を入れるのは当たり前のことらしい。

アイテムボックスは、魔力で『登録』をすれば、自分以外の人に確認することはできない。小さな金庫を持ち歩いているようなもんだ。

「えっと……道具屋さんでいろいろ聞いて、野営用の道具は揃えました。でも、まだ使ったことなくて……」

「道具屋……もしかして」

俺は飯盒を取り出して見せると、なんとエルサも同じ物を持っていた。

どうやら、同じ道具屋で揃えたようだ。これなら安心だな。

俺は空を見上げる。時間的にはお昼の三時くらいだろうか。

あと一時間も歩けば次の村に到着し、明日にはルロワの街に到着する。

「エルサ、提案していいか？」

「なんでしょうか」

「あと一時間も歩けば中継地点の村に到着するけど、せっかくだし今日は野営してみないか？　安全のため、村の近くでさ」

「わあ、いいですね。賛成です‼」

『きゅうう』

「ふふ。ムサシちゃんも野営したいみたいですね」

ムサシは起きると、エルサの差し出した手に乗り丸くなった。

というわけで、今日は野営をすることになった。

◇◇◇◇◇◇

その日の夕方。

俺とエルサは、村からほど近い水場の近くに到着。

大きな岩を背にして、周囲を確認した。

「……魔獣とかはいなそうだな」

「はい。そっちの方が助かります……」

まだここまで、一度も戦闘していない。

するとムサシが嬉しそうに周囲を飛び回った。

『きゅい、きゅいいい‼』

「おお、テンション高いな。どうした？」

「ふふ、嬉しいんじゃないですか？」

「ははは。まあ、ずっと紋章の中だったし、今日はずっと外にいていいぞ。よし……エルサ、俺たちは野営の準備をしよう」

「はい。えっと……テントを出して、と」

テントは細長い、一人用のワンタッチテントだ。

細長い棒にワイヤーが通してあり、ワイヤーを引っ張ると一気にテントが形成される。

ワイヤーを引くだけなので、俺もエルサも簡単に設営できた。

そして、テントの中に寝袋を敷き、準備は完了。

あとは、椅子とテーブル、焚火台《たきびだい》を用意する。そしてエルサが薪《たきぎ》を出した。

「あれ、薪」

「あ、はい。野営するのに必要だと思って、いっぱい買っておいたんです」

そっか～……異世界の漫画とかでは枝とか拾って火をつけるけど、アイテムボックスあるなら薪を買って入れておけば楽勝だな。落ちている木って水分含んでるから、火はつきにくいし煙もいっぱい出るし。

「ありがとうエルサ。俺、そこまで考えてなかった」

「いえ……でも、役に立ってよかったです」

「よし。ムサシ、ちょっと来てくれ!!　この薪に火をつけられるか？」

『きゅいい!!』

ムサシは口からボッと火を噴くと、薪が勢いよく燃えだした。

感謝感謝。俺は食材を取り出した。

「お礼に、今日の夕食は俺が用意するよ。サンドイッチでいいか？」

「い、いいんですか？」

「ああ。薪、今度は俺も準備しておく。次の食事はエルサに任せるからさ」

「はい、じゃあお願いしますね」

焚火台。日本でも見るような折り畳み式で、網もちゃんと付いていた。

おかげで網の上で肉も焼けるし、パンも軽く炙《あぶ》れるぞ。

パンを焼き、チーズを炙って軽く溶かし、トマトを乗せて、肉も乗せる。

この世界にある野菜、日本で見たのと似てるんだよな。おかげで調理も簡単だ。

エルサは「おお～」と言いながら俺の手際を見ていた。

「すごいですね!!　レクス、料理上手です!!」

「まあ、初めてだけどなんとかなるもんだなあ……あれ、ムサシは？」

『きゅい』

ムサシ、いつの間にエルサの頭の上に……エルサも今気づいたのか、驚いていた。

「ははは、気に入られたなあ」

「ふわふわして可愛い～」

さて、食事の準備はできた。

俺の特製サンドイッチ。味の方は……うん、うまい。

「おいしい～!!　レクス、すごいです!!」

「いやあ。そう褒められると照れるな」

『きゅうるるる!!』

ムサシ用に小さいのを作ったが、ガツガツ食べていた。

こうして夕食は大成功。初めての料理……いや、成功してよかったよ。

◇◇◇◇◇◇

さて、すっかり日も暮れた。

俺はランプを出すと、エルサがハッとした。

「あ、ランプ……わたし、持ってなかったです」

「実際に野営すると、互いに足りないのがわかるな。ルロワの街で買おう」

「はい。こうしてみると、アイテムボックスって本当に便利ですね」

「だな……エルサのはどのくらい容量がある？」

「私のは、大きめの木箱十個分くらいです」

「俺は部屋一室分くらい。実家に用意してもらったやつだしな……」

「さ、さすがドラグネイズ公爵家ですね……」

指輪は四つ、それぞれ部屋一室分ほどの容量か……これもある意味でチートだよな。

俺は予備の指輪を一つ外し、エルサに渡す。

「え……？」

「一つあげるよ。これ予備で、何も入っていないし登録もしていないから。エルサの魔力を送り込めば、専用のアイテムボックスになるはずだ」

「い、いいんですか？」

「ああ。まだ三つあるし」

「……」

今気づいた……指輪を異性にあげるって、恥ずかしいな。

エルサも指輪を凝視《ぎょうし》してるし……うう、どうしよう。

「あ、ありがとうございます。その……大事にしますね」

「お、おお……ははは」

エルサも気づいたのか、指輪をぎゅっと握りしめて照れつつ笑った。

こういうラブコメみたいな展開は望んでいない。今日初対面の女の子だぞ？

それから、エルサは指輪を嵌《は》める。魔力を送り込んで自分用にしたみたいだ。

ムサシは欠伸をして、俺の紋章の中に入ったし……二人きりか。

しばし時間が過ぎる。それでも夜の七時くらいだけどな。

と、ここで大事なことを思い出した。

「なあ、やっぱり野営をするなら、交代で休憩を取る必要があるよな」

「あ、そうですよね」

「じゃあこうしよう。俺が最初に五時間寝るから、その間は起きて火の番をしてくれ」

「……いいんですか？」

あっさり気づかれた。

今俺が寝たら夜の十二時くらいに起きる。そしてエルサは朝までぐっすり寝られる。

最初に寝るのは、夜通し起きているということだ。

まあ、女の子だし……という理由もある。でも、いずれは夜通しの晩もやってもらうけどな。

「さーて、寝るかな。エルサ、今のうちにやっておくことあるか？」

「……え、えっと。その……み、水浴びしてもいいですか？　その、今日はけっこう歩いたので、汗を掻いちゃって」

「え、あ、ああ……ど、どうぞ。うん」

「……あの、こっちに来ないでくださいね」

「わ、わかってる。うん、信じてくれ」

「はい。じゃあ……」

エルサは俺たちが背にしている岩の裏へ。そしてそのまま水浴びを始めた。

俺はランプの明かりで読書をするが……ちゃぷ、ぱしゃっと水音が聞こえ、妙にドキドキした。

「……いかんいかん。何を考えてるんだ俺」

一緒に旅をする以上、こういうこともある。

異性って大変だ……男同士だったら素っ裸で出てきても気にならないんだが。

俺は無心で読書を続け、二十分ほどでエルサが着替えて出てきた。

あれ、なんかホカホカしてる。

「ふう、遅くなりました」

「いや……なんかホカホカしてるな」

「はい。川の水を温めてお湯にしたんです」

「あ、そういえば、水魔法の一級だっけ」

水をお湯にするなんて朝飯前だろうな。

俺は本を閉じ、懐中時計を出す。

ちなみにこの世界、時計もあるし時間も前の世界と同じ表記だ。これは素直にありがたい。

そしてこの時計……父上がくれた誕生日プレゼントだったっけ。

「じゃあ、今から五時間後に起こしてくれ。それと、何かあっても起こしてくれよ」

「はい、おやすみなさい」

俺はテントに入り、大きな欠伸をする。

「なんか疲れたな……ふあああ」

すぐに睡魔が襲ってきて……俺は眠りにつくのだった。

◇◇◇◇◇

「レクス。起きてください……レクス」

「ん……ああ、おはよぉぉ」

欠伸をして起床……もう朝か。いやまだ夜、というか深夜。

テントから這い出ると、エルサがニコニコしながら出迎えてくれた。

「よく寝てましたね。疲れは取れましたか?」

「ああ。なんかスッキリした……若いっていいな」

「くす、なんですかそれ」

十六歳、体力があり余ってるな……五時間、完全なノンレム睡眠での起床でスッキリだ。

身体を起こし、軽くストレッチする。

「よし。じゃあ交代、朝までゆっくり休んでくれ」

「はい。おやすみなさい」

エルサと交代し、俺は焚火台の前へ。

ランプに油を足し、読書の続きだ。

せっかくなのでムサシを呼んでみた。

『きゅう』

「おはよう。お前も朝まで付き合ってくれよ」

『きゅー……』

ムサシはぷるっと身体を震わせると、俺の肩に乗った。

さて……このまま朝まで見張りだ。

読んでいるのはファンタジー小説。戦闘シーンの描写を読んでいて思った。

「……魔獣が出ないってのもいいけど、戦闘も経験した方がいいよな」

よし。明日の朝、エルサに提案してみるか。

8　初戦闘

初めての野営を終え、片付けをし、俺とエルサとムサシは旅を再開……すぐ近くの村に足を踏み入れた。

ここは『村』って感じの村だ。ほどほどに整備された道、乱雑に並ぶ住居、住居の傍には畑があり、早朝なのにすでに仕事を始めている。

畑を耕すのは男性で、子供は石拾い、女性は肥料を撒いている……これがこの世界のスタンダードな畑仕事なのか。

なんとなく眺めていると、エルサが言う。

「レクス、どうしたんですか？」

「いや……畑仕事が珍しくて。昨日、俺たちが食べた野菜も、あんな風に作られたんだなあ」

「くす……レクス、たまに変わったこと言いますね」

「そ、そうかな」

ただの畑仕事で、こんな風に考える元貴族はいないだろうな。

今更だが、やっぱいるのかな……悪徳貴族とか、劣悪な環境で売買している奴隷商人とか。

異世界、まだまだ知らないことだらけだ。

「さて、ここの村は素通りでいいかな」

「はい。えっと……地図、地図」

ちょうど村の中心へ来た。

観光客を意識しているのか、小さな商店や宿屋が並んでいる。さすがに冒険者ギルドはないな。

でも、観光向けなのかベンチもいくつかあったので、並んで座り地図を確認。

「オスクール街道はルロワまで延びています。街道沿いに行けば一日でルロワの街に到着できそうですね」

「あー……それなんだけど、ちょっといいか？」

俺は地図にあるオスクール街道を指差す。

「ここを真っ直ぐに進めば……ここがルロワの街だよな」

「はい、間違いないです」

「提案だけど……オスクール街道じゃなくて、こっちの脇道を通って、迂回《うかい》する感じでルロワの街に行かないか？」

「え……？」

俺は、オスクール街道ではなく、細い枝道のような街道を指差す。

国道じゃなくて狭い小道を通ることになる。高速道路を降りて一般道で行こうと提案しているわけだが……エルサは首を傾げていた。

「あのさ、エルサは戦闘経験あるか？」

「……恥ずかしながら、学園での魔法実技がメインで……実戦は騎士に守られながら数度だけ」

「俺も似たようなもんだ。でも、これからは二人で、不意に魔獣と戦うことも考えなくちゃいけない。だから、魔獣が出現してもおかしくない場所を通って行こう」

「つまり……戦闘を」

「ああ。やる。それに……こっちの道を通ると、今日中にルロワの街には到着しない。また野営になる。昨日みたいに、村のすぐ近くで、魔獣が出現しない安全な野営ってわけにはいかない。でも……これから旅をする以上、そういうのにも慣れなくちゃいけないと思う」

「……なるほど」

「それに、俺は剣、エルサは魔法と今は役割分担してるけど、いざ戦闘になったら連携も大事になると思うし……」

「確かにそうですね。それに、リューグベルン帝国圏内は魔獣の一斉掃討があって、大型や危険な魔獣はほとんどいないって聞いたことがあります。現れるのは、討伐レートが低い魔獣ばかりとも……」

「そういうわけで、今のうちにある程度の経験は積んでおこう、ってことだ」

そこまで説明すると、エルサは頷いた。

「わかりました。それでいきましょう」

「ああ。じゃあ……せっかくだしそこの道具屋覗いて、必要そうな物資を買ってから行くか」

「はい!!」

安全なだけでは旅じゃないしな。よし、気合い入れていくぞ。

◇◇◇◇◇◇

道具屋。意外と充実していた。

薪、食材を補充し、エルサはランプを買った。アイテムボックスにさっそく入れている。

そして、オスクール街道から分岐する細い道を通って迂回……道を歩いて気づいた。

「あんまり整備されていないな……」

「オスクール街道がありますし、こっちの道は地元住民しか使わないみたいですね」

住民は山菜採りなどでこっちの道を使うとか。さっきの道具屋でエルサが話を聞いていた。

さて、ここらで確認しておく。

俺はムサシを召喚。ムサシは外が嬉しいのか、クルクルと俺とエルサの周りを飛ぶ。

「なあエルサ。エルサは水魔法が得意なんだよな?」

「はい。攻撃魔法、治療魔法を習得しています。病気は無理ですけど……外傷なら任せてくださいね」

「頼りになる。俺は見ての通り、双剣をメインに使う」

「……メイン？」

「ああ」

竜滅士はドラゴンを使役して戦うのだが、竜滅士本人が戦うこともある。現に、兄上は槍の達人だし、父上は大剣の達人。シャルネも弓の名手だ。

ドラグネイズ公爵家は武芸の名家でもある。片手剣、大剣、槍、弓で独自の流派を持ち、自分に合った流派を学ぶのだ。

俺は片手剣をメインで習い、さらに独自に改良を加えた。

それだけじゃない。俺は武器用アイテムボックスから『槌《つち》』を取り出す。

「これ……ハンマーですか？」

「ああ。メインは双剣で、サブ武器に攻撃力重視のハンマーを入れてある。それと遠距離用にこれも」

俺がアイテムボックスから出したのは『銃』だった。

ハンドガンが二丁……だがエルサは首を傾げた。

「これ、なんですか？」

「これは銃。飛び道具だよ」

銃。まさか異世界で拳銃に会えるとは思わなかった。

でもこれ、異世界ではほとんど流通していない。

理由はいくつかある。まず一つ……この世界で『火薬』は砂金よりも高価なのだ。

そして弾丸、薬莢《やっきょう》を作る技術が難しく、弾丸を作る技術者がほとんどいない。

そして一番の理由……こんな物を持たずとも、魔法師が一人いればそれだけで銃の代わりになる。

なので、銃は存在するが、その存在を知らない者は多い。

この銃も、兄上が気分転換に連れて行ってくれた古代武器オークションで存在を知った。

俺はそこで、格安で銃を三丁手に入れた。

それを鍛冶《かじ》屋に持ち込んで一丁を分解し、何丁かレプリカを作製。

弾丸についての記述を調べ、鍛冶屋に試行錯誤してもらって弾丸を作り上げた。金はあったし、火薬も商人に頼んで手に入れてもらった。

何度か暴発事故も起こしたが……一年ほどかけて、俺は銃を使えるようにしたのである。

成功作の弾丸も大量に作ってもらったし、弾丸の金型や火薬の予備、弾丸の製作法をまとめた図説も用意してるから、弾丸が足りなくなったら鍛冶屋に持ち込めばいい。

「双剣、銃、ハンマーが俺の武器。状況で使い分けて戦うんだ」

「へえ……三種類も」

昔、ハマったゲームの主人公スタイルなんだよな……とは言っても理解されないだろう。

でもこれ、けっこう理に適《かな》ってるし戦いやすい。

銃やハンマーは家族の前では見せなかったが、双剣はなかなか使いやすかった。

「よし。じゃあ役割を決めよう。まあ確認するまでもないけど……俺が前線で戦うから、エルサは後方でサポートをしてくれ」

「はい、わかりました」

『きゅううー!!』

「おっと。ムサシは……うん、危険だし紋章に隠れてくれ」

『きゅあああ!!』

「いでででで!? つ、突つくなって!! わかったわかった、お前も一緒に戦おう!!」

どうやらムサシは勇敢なドラゴンのようだ……こんな手乗りドラゴンなのにな。

◇◇◇◇◇◇

そしてついに現れた。

『ぎゅるるる……ギヒヒ』

街道の藪《やぶ》から突然飛び出してきたのは、ゴブリンだ。

手には棍棒、ニタニタしながらエルサを見ている。

数は四体。ゴブリンは群れる生物で繁殖力が非常に高い。一体見たら十体はいると思え……なんて、兄上が言ったのを覚えている。

俺は双剣を抜いて逆手で構える。

「アシスト、いけるか？」

「は、はい!!」

エルサも杖を構え、ムサシは……。

『きゅあああ、きゅあああ!!』

口からボッボッボと炎……というか火の粉を飛ばして威嚇。これは頼りになるな。

「じゃあ、いくぞ!!」

俺は飛び出しゴブリンに急接近。

『ギッ!?』

スパンと、一体目の首を切断した。

三体が驚く。悪いけど俺、足の速さはそこそこ自信ある……五十メートルは五秒ジャストくらいだし、戦闘で重要なのは体力だって思ってるから、毎日とにかくマラソンしていた。

参考にしているゲームのキャラクターは、移動する時はずっと走りっぱなしだし、体力すごいと思ってたしな。ゲームでもたまに体力ゲージがあって、ゲージが切れると走れなかったり息切れするシステムがあるけど、そっちのがリアルでいいと思ってる。

俺は剣をクルクル回転させ、もう一体のゴブリンを何度か斬りつける。

『ガガッ……グゲ』

「『アクアバレット』!!」

すると、俺を後ろから狙っていたゴブリンが、エルサの魔法で吹っ飛んだ。

水の玉、すごい速度だ……さすが一級魔法師。

『ギャウゥ!!　ギャッギャ!!』

『きゅーっ!!』

そして、ゴブリンの周りを飛び回って火の粉を吐くムサシ。いつの間にか戦っていた。

ゴブリンは棍棒を振り回すが、ムサシは華麗に回避。

俺は笑い、ゴブリンに急接近して一刀両断。

ゴブリンは全滅。俺は双剣を布で拭き、鞘《さや》に納めた。

「さすがムサシ、やるじゃないか」

『きゅいい!!』

「レクス、お疲れ様です!!」

ムサシに続いてエルサも近づいてくるので手を出すと、彼女は首を傾げてしまった。

「ハイタッチだよ。冒険者はみんなやるんだ」

「えっと……こう、ですか?」

エルサも手を出したので、俺はパシンとその手を叩いた。

ちょっと驚いたエルサだが、すぐに笑顔になる。

「なんだか、冒険者みたいです」

「いや、冒険者だよ。それに……俺ら、いけそうだな」

「はい。よし、このまま警戒して進みましょう!!」

「お、おう」

エルサが気合いを入れて歩きだし、ムサシもその周りを飛んでいた。

ゴブリンは敵ではない。あとは……これから先に出てくる魔獣にちゃんと対処できるか、だな。

9 ルロワの街

いつの間にか山道になり、魔獣に警戒しながら進むこと半日。

道が少しずつ荒れ、地元民も入らないくらい奥へ進んだ。

地図を確認すると、あと一時間も歩けばオスクール街道に出る。だが、すでに夕方近い。

俺は地図をしまい、エルサに提案した。

「そろそろ暗くなるし、今日はこの辺で野営しよう」

「はい。こういう時、いい場所は……」

周りを確認。

水場は近くにない、周囲は木々に囲まれている。

漫画とかだと、都合よく横穴とかあるんだが……さすがにそううまくいかないか。

見つけたのは岩場。というか、見上げると大きな崖《がけ》になっており、ここは崖下のようだ。

「四方に何もないと無防備だし、大きな岩を背にすると安心できるな」

「そうですね。えっと……あ、見てください。やっぱりありました」

「……おお!!」

エルサが見つけたのは、ちょうどいい感じの横穴だった。

中を見ると、焚火の跡がある。けっこう古い感じだ。

「ここを選んで通る冒険者が使った痕跡みたいです。この横穴も、冒険者たちが掘った場所かも」

「そりゃありがたい。よし、横穴にテントを張るか」

横穴はけっこう狭いし奥行きもない。

テントを張り、手前に焚火の用意をすれば、後ろから襲われることはない。

入口だけを警戒すれば、魔獣が現れても大丈夫だろう。

「こうやって、少しずつ野営慣れしていこう」

「はい。ふふ、手探りですけど、レクスと一緒に学んでいくのは楽しいです」

嬉しいこと言うなあ。

この日、交代で見張りをしたが、魔獣に襲われることなく一夜を過ごした。

今更だが……もしエルサに会わなかったら、こんな魔獣が出る山で一人野営してたんだよな。幽霊とか信じてるわけじゃないが、正直怖いぞ。

エルサがいてくれてよかった……仲間って大事なんだな。

◇◇◇◇◇◇

そして翌日。

山道を抜け、オスクール街道に合流……広く安全な道を進むこと半日。

途中、茶屋でお昼を食べたり、街道沿いで行商人が臨時のバザーみたいなのを開催しているのを覗いたりしながら進み、ようやく見えてきた。

「あ!!　レクス、あれです!!　ルロワの街です!!」

「おお～……でっかいなあ」

大きな壁が見え、その先に町があった。

ルロワの街。リューグベルン帝国と風車の国クシャスラの国境だ。

町を抜ければいよいよ他国……風車の国クシャスラだ。

「なあ、何日か滞在して風車の国クシャスラについて情報集めてみようか」

「いいですね。名産品とか、観光地とか知りたいです。あ、それとムサシくんの獣魔登録もしないとですね」

「ああ。それと、国境を越えるのは……」

「冒険者カードで大丈夫だと思います。あ、せっかくですし冒険者ギルドで依頼を受けてみるのはどうでしょう？　お金も限りがありますし……旅をするなら路銀が必要ですからね」

「確かに……よし、ルロワの街では情報収集と依頼を受けよう。それと、足りない物を補充して、獣魔登録をして……うんうん、意外に忙しいな」

「あはは。でも、急ぐ旅じゃありませんし、のんびりいきましょうね」

「ああ。じゃあ、いざルロワの街へ!!」

　エルサと出会ってまだ数日だが、仲良くやれてると思う。


　さっそくルロワの街の正門に到着。冒険者カードを門兵に見せると、あっさり中へ入れた。

「まずは宿を確保かな」

「はい。あの、レクスはまだお金ありますか？」

「まあ余裕はあるよ」

　ドラグネイズ公爵家から支給される一年分の支援金がそのまま残ってるし、これまで貯めていたお金も全部持ってきたからな。

だからといって、冒険者活動しないということはない。どういう出費があるかわからんしな。

すると、エルサが言う。

「わたしもなんとか大丈夫です。あの～……提案なんですが、自分でもともと持っているお金はそのまま管理するのは当然ですけど、これから冒険で稼いだお金は、共用のお財布に入れませんか？稼ぎを三分割して、わたし、レクス、共通のお財布に入れるってことで」

「そりゃいいな。じゃあ、食材とか宿代は共通の財布から出せばいいか」

お金で揉めるのだけは嫌だしな、いい提案だ。

とりあえず、ここでの滞在は自分の財布から出す。

「宿はどこにする？」

「えっと……その、できればシャワーがあるところがいいです」

「了解。となると、あまりボロボロのところはやめて、町の中心付近で、なおかつ小綺麗なところ」

国や町で共通していることの一つに、中心地には大きな宿や店、そして冒険者ギルドみたいな施設がある。

だいたいが高級店だが、少し離れるといい感じの宿が多い。

町の中心へ向かい、いい感じの宿を探すと……見つけた。

「エルサ、ここはどうだ？　三階建て、入口はそこそこ広く、建物は小綺麗……高級そうなあっちの宿よりはグレードが低そうだけど、ここならシャワーもあるはず」

「いいですね。じゃあ、ここで!!」

さっそく宿で確認。

ふ……お約束展開では『一部屋しか空いてなくて……』とかで、ヒロインとドキドキ同室ってことになるが、ちゃんと二部屋空いてたぜ。

部屋は二階。しかもシングルルームで隣同士、シャワーにトイレも付いてる。

室内を確認して、部屋の外へ出ると、ちょうどエルサも出てきた。

「いいお部屋ですね」

「ああ。じゃあ、しばらくはここが拠点。さて……ちょうどいい時間だし、昼飯食いに行くか」

「はい。そのあとはどうします？」

「そうだな。先に獣魔登録を済ませて、そのあとは自由時間にするか。明日は冒険者ギルドに行って依頼を探してみよう」

「そうですね。一人の時間も大事です」

俺とエルサは一階へ。

受付カウンターに座る宿屋のおばさんに聞いてみた。

「あの、ルロワの街で有名な食べ物ってなんですか？」

「そうだねぇ……ふふん、うちの食事もおいしいけど」

「あ……あ、明日の朝もらいます」

「あっはっは、冗談だよ。ルロワの街はなんでも美味《うま》いさ。まあ、ここは国境の町だし、クシャスラとリューグベルンのメシがどっちもある。まあ、腹を満たすことだけ考えな」

まあ、名産はないけどなんでも美味いってことか。

宿の外に出て町の中心へ向かうと、いい香りがしてきた。

「お……出店が多いな」

「本当ですね。串焼き、海鮮スープ、焼きたてパン……」

「……そういえば俺、ああいう出店で食べたことない」

「……わたしもです」

互いに顔を見合わせて笑い、本日の昼食は決まった。

◇◇◇◇◇◇

昼食を終え、俺とエルサは冒険者ギルドにやってきた。

「間取りはリューグベルン帝国のとあまり変わらないな」

「ええ。でも、なんか新鮮な感じがしますね」

「確かに。じゃあ俺、獣魔登録済ませるから、エルサは待っててくれ」

「はい。わたし、依頼掲示板を見てますね」

エルサは依頼掲示板へ。

俺は受付へ向かい……うーん、ここは女性の受付だけか。じゃあ、ベテランそうなおばさんにしておくか。

「あの、すみません。獣魔登録したいんですけど」

「はいよ。獣魔登録ね」

ちょっとぶっきらぼうなおばさんだ。でも、登録には関係ないのでスルー……俺、こういうの気にならない人間なのであしからず。

俺は普通に右手の紋章からムサシを召喚……背筋に冷たい汗が流れた。

(やべっ、人前で契約紋章から召喚しちまった……!!)

事前に呼び出しておくべきだったが、気が緩んでいた。

心臓が跳ね上がるが……おばさんは何も言わない。

「じゃ、登録するからこの子の名前。紋章はすでに刻んであるね」

「……へ？」

「紋章だよ紋章。獣魔を収納する紋章」

「え、あ、ああ……はい」

契約紋章……だよな。

あれ、これってテイマーならみんな知ってるのか？

「あ、あの……契約紋章って、どうやって刻んでるんですか？」

「はあ？　あんた、冒険者ギルドで契約紋章入れたんだろ？　やり方なんて『紋章師』に聞けばわかることさね。ほら、さっさと記入する」

「あ、はい……」

紋章師ってなんだろ……うーん、契約紋章ってテイマーでは当たり前なのか。

てっきり、ドラゴンを収納するために竜滅士の手に浮かび上がるもんなのかと。

まあいいや。とりあえず書類に名前を記入して、と。

『きゅうう』

「おいムサシ、手に乗るなって……書きにくい」

ムサシが俺の手に甘えてくる。

書類を提出すると、おばさんは確認してコピー機みたいな魔道具に入れる。

そして、俺の手に甘えるムサシにカメラのような魔道具を向けた。

「冒険者カード」

「へ？」

「冒険者カードを出しな」

「あ、はい……」

冒険者カードを出すと、おばさんがカードを魔道具に差す。

それから数秒して、魔道具からカードが排出……カードに小さな獣のマークが刻まれた。

「はい、登録完了。これであんたの獣魔は登録されたからね。獣魔が悪いことしたら、登録された情報ですぐにわかるようになってるから、ちゃんと躾《しつけ》しておきなよ」

「なるほど……」

今更だが、この世界ってけっこうハイテクだな。

魔道具。写真みたいな物もある……さすがにスマホとかないか。

でも、これで大手を振ってムサシを出しておける。

俺はおばさんに礼を言い、ムサシを肩に乗せて依頼掲示板の前へ。


「なあ、いいだろ別に」

「い、いいえ。あの……わたし、もう仲間がいますので」

「いいじゃん、そいつも一緒でさ。これから冒険行こうぜ!!」

「魔法師の仲間欲しかったのよねー」

掲示板の前に行くと、エルサが絡まれていた。

男二人、女一人のパーティーだ。歳も同じくらいかな。

「あ、レクス。ごめんなさい、仲間が来たので」

「仲間って、二人だろ？　なあそっちの、オレらとパーティー組まね？　一緒に冒険者しようぜ」

おお、勧誘か。

エルサが俺の隣に来て小声で言う。

「すみません。その、勧誘がしつこくて……」

なるほどな。

まあ、悪いけど仲間にはなりません。

「すまん。俺らは冒険者じゃないんだ」

「はあ？　ギルドにいるじゃねーか。しかも武器持ってるし」

「資格としては持ってる。でも、ダンジョンとか興味ないんだ。俺らの目的は『旅』だしな」

「意味わかんねー……まあいいや、行こうぜ」

三人は行ってしまった。

エルサはその後ろ姿を見送って言う。

「……冒険者って、あの人たちみたいな人を言うんですよね」

「まあそうだな。でも、俺らは俺らだし、関係ないよ」

「……はい」

「と、それより、ついにムサシの獣魔登録が終わったんだ。これからはずっと一緒にいられるぞ」

『きゅうう―』

「やった。ふふ、よかったね、ムサシくん」

『きゅるるる』

ムサシは嬉しいのか、俺たちの周りを何周も飛び回った。

「さて、登録も終わったし、今日は自由時間にするか」

「はい。じゃあわたし、この街にある本屋に行ってみますね」

「俺、武器屋とか見てみたいんだよな。晩飯はどうする？」

「じゃあ、夜の六時に宿屋に集合……って感じでどうですか？」

「賛成。じゃあ、またあとで」

「はい。では」

仲間だけど、自分の時間も大事にする。

さて、俺も武器屋に行ってみるとしますかね。

10　自由時間

さて、自由時間となった。

久しぶりに一人……いや、肩にムサシを乗せている。

『きゅるるー……』

「どうした？　メシ……は魔力食ったよな？」

ムサシは周りをキョロキョロすると、俺の耳を甘噛みする。

くすぐったいので人差し指でお腹をゴロゴロしてやると、気持ちいいのか喉をゴロゴロ鳴らす……ドラゴンというか、猫みたいだ。

満足したのか、右手の紋章に飛び込んだ。どうやら昼寝するらしい。

ドラゴンを召喚しておけるのってありがたいな。

「と、武器屋……街の中心にあると思うけど」

エルサはすでにいないが、俺は冒険者ギルドの付近をウロウロする。

すると……あったあった。剣が交差したような看板。武器屋だ。

武器屋、店名とかは自由に付けていいけど、武器屋のシンボルである剣を交差させた紋章を掲げなくてはならないってルールがあるんだよな。

防具屋だったら盾、宿屋だったらベッド、薬屋だったら薬瓶とシンボルマークが決まっているらしい。理由は不明だが、これは世界共通だとか。

さっそく店内に入ると、けっこう賑わっていた。

「おお、これが武器屋……」

リューグベルン帝国にいた時は、武器屋は『行く』ものじゃなくて『来てくれる』ものだった。ドラグネイズ公爵家御用達の武器屋が、大荷物持って専用の部屋で武器を紹介してくれたっけ。

俺はこの刀みたいな剣が気に入って二本買ったんだよな……なんか懐かしいや。

「異世界系の漫画とかじゃ、ぶっきらぼうなドワーフの店主がいるんだけど……」

店内は広く、いろんな武器が並んでいる。

剣、槍、斧、ナイフなどの刃物。ヌンチャクやハンマー、木槌もある。弓は壁にかけられ、矢は二十本くらいの束がロープでまとめられて無造作に積んである。

樽に差してある剣は粗悪品っぽいのか安い。壁にかけてあるのが高い剣か……うーん、すごい。

店内には、若い冒険者たちがメインで、なぜか老夫婦や子連れの家族もいる。室内は広めのコンビニくらいで、店員さんは若い女性だ。

なんか、俺が考えている異世界のイメージと違うな。誰もいない店内で、ドワーフの店主がジロッと値踏みするような視線を……というのをちょっとだけ期待していたんだが。

「とりあえず……あ、剣の手入れ用オイルなんてあるのか。これいいな」

剣用のオイルを手に取りカウンターへ。

「これください」

「はい!!　使い方はご存じですか？」

「えーと……塗ればいいんですよね？」

「はい。まず剣の汚れをしっかり落としてからご使用ください。使い方は剣に直接垂らすのではなく、布に馴染ませてから磨くように拭いてくださいね」

「なるほど……」

すごい親切な店だ。

悪くなるもんじゃないし、ちょっと多めに買っておこう。

ちょっと質問してみるか。

「あの～……ここの武器って、鍛冶屋さんが作ってるんですよね？」

「はい。裏が工房になっていまして、当店所属の鍛冶師たちが製作しています」

「なるほど……」

頑固おやじが一人で作ってるわけじゃないのか。

なんか企業みたいだな……いろいろ発見があって面白い。

オイルを買い、俺は店を出た。

「ふぁ……なんか眠いな。まだ時間あるし、少し昼寝でもするか」

俺は宿に戻り、夕食の時間まで昼寝をすることにした。

◇◇◇◇◇◇

昼寝から覚め、宿の一階に下りると……エルサがカフェスペースのソファに座り、お茶を飲みながら読書をしていた。

優雅なお嬢様って感じだ。というか、貴族令嬢だもんな。

すると、エルサは俺に気づき、本を閉じる。

「あ、レクス。お部屋にいたんですね」

「うん。眠くてね、武器屋で剣用のオイル買って、そのまま寝てた」

「わたしは、面白そうな本を何冊か買って……旅の合間に読もうと思ってたんですけど、我慢できなくて読んじゃいました。えへへ」

なんか可愛い理由だな。

すると紋章が熱くなった。どうやらムサシが起きたようだ。

「『召喚《サモン》』」

『きゅいい』

「きゃっ、もう、いたずらっ子ね」

なんとムサシ、エルサの胸に飛び込んだ。

エルサは手のひらにムサシを乗せ、人差し指で頭をなでなでしてるし。

ふ……別に嫉妬《しっと》はしないぜ。ドラゴンだもの。

「じゃあ、夕飯に行きますか。あの……行きたいところ、ありますか?」

「いや、ずっと寝てたし、特にないな」

「では、わたしが調べたお店でいいですか？　お鍋のお店なんですけど」

「ほお、いいね」

鍋料理か。

個人的にはキムチ鍋とか好きだけど……まあ異世界にキムチはないだろ。


エルサに案内されたのは、宿屋からほど近い鍋屋さん。

店内は賑わっている。どうやら人気店みたいだ。

「予約していたエルサです」

「はいよ、二名様ご到着っ!!」

「え、予約？」

「すみません。その……気になっちゃって」

エルサ、ぬかりないな。

ついでに俺は店員さんに聞いてみた。

「あの、獣魔もいるんですけど、いいですか？」

「うちは小型までなら大丈夫っすよ!!」

小型魔獣。成犬くらいの大きさだっけ。

じゃあ全然大丈夫だ。ムサシを肩に乗せて店内に入ると、個室に案内された。

すでに予約したらしいけど、どんな鍋なのかな。

そう思っていると……運ばれてきたのは、真っ赤な鍋だった。

「…………え？　あ、赤いけど」

「これ、サラマンダー鍋っていうトカゲ肉と激辛香草を使ったお鍋なんですって。えへへ……実は、気になっていたお店で」

「げ、激辛……」

「はい。では、食べましょう!!」

エルサは豪快にお玉で肉を掬《すく》い自分の皿へ。

俺、ムサシにも大量によそい、さっそく食べ始めた。

「ん～おいしい!!　でも、もうちょっと辛くてもいいかなあ」

「……」

『……』

ムサシと顔を見合わせる……なんか真に心が通じ合った気がする。

とりあえず、意を決して肉を食べてみた。

「――――辛っ!?」

『きゅあっ!?』

この日、エルサが『激辛大好き』ということがよくわかった。

◇◇◇◇◇◇

翌日。

まだ腹の中が燃えている気がする……でも、宿の朝飯をなんとか完食。

お腹に優しいシチューでよかった。胃よ、ゆっくり休んでくれ。

「今日は冒険者ギルドですね」

「ああ。依頼を受けてみよう」

『きゅうう―』

ムサシ、今日は肩でなく、俺の頭の上に座っている。

こいつもだいぶ慣れてきたな。でも、相変わらず小さくて可愛い。

冒険者ギルドに到着すると……おかしいな、人があまりいない。

そして、依頼掲示板を見ると、ろくな依頼が残っていなかった。

「あれ……少ないな」

「昨日とあまり変わってないですね……」

首を傾げていると、後ろから声がした。

「そりゃそうよ。朝の戦場が終わったばかりだものね」

振り返ると、そこにいたのは青を基調とした派手な服を着た、ショートボブのお姉さんだった。

なかなかに露出が多い。胸の谷間とかすごい見えてるし、肩が剥《む》き出しのジャケットに、ミニスカートを穿《は》いている……スパッツ穿いてるから下着は見えないな。

手には指輪。どうやらアイテムボックスで、武器などはそこに入れてるんだろう。

「あなたたち新人？　朝のラッシュを知らないなんてね」

「『朝のラッシュ？』」

「そう。依頼は早朝に掲示板の前に貼り出されるんだけど、依頼は早い者勝ちだからすぐになくなるの。今の時間で残っているのは、薬草採取やドブ浚い、あとはA級以上の冒険者しか受けられない高難易度討伐依頼とかね」

「へえ、そうだったのか」

「知りませんでした……」

顔を見合わせる俺、エルサ。

すると、お姉さんはクスッと笑った。

「なんていうか、あなたたち……あまり関心ないみたいね」

「まあ、冒険者ですけど、そこまで本気じゃないんで」

「はあ？」

やべ、ちょっと失礼な言い方だったかな。

エルサも「レクス、言い方」みたいな目で見てるし。

「えっと、俺たち冒険者ですけど、冒険というか旅がメインでして……あまり危険な依頼とかは受けずに金を稼ぎつつ、旅をしたいというか」

「……ふふ。別に気を悪くしてないわよ。なんか面白い子たちね」

言い方、今度から気をつけよう。

すると女性は俺とエルサ、ついでにムサシを見て言う。

「自己紹介がまだだったわね。私はミュラン。ソロのB級冒険者よ」

「レクスです。こっちは相棒のムサシ」

「初めまして。エルサと申します」

「……本当に冒険者のことわからないのね。冒険者の自己紹介は、名前と等級を名乗るのが礼儀なのよ?」

それも知らなかった……うーん、こういうのって先輩冒険者とかから習うのかね。

すると、ミュランさんは微笑んだ。

「やーれやれ。お節介なお姉さんはお世話したくなっちゃうわ。そうね……」

ミュランさんは掲示板の前に立ち、残った依頼を物色。一枚の依頼書をはがす。

「よかったら、私がいろいろ教えてあげようか？　無理にとは言わないけど」

依頼書には『薬草採取』と書かれている。

エルサと顔を見合わせると、エルサは頷いた……うん、俺も同じ意見だ。

「じゃあ、お願いします。報酬は……」

「これ、三等分すればいいでしょ。じゃ、受付行くわよ」

ミュランさんに押され、俺とエルサとムサシは受付カウンターに向かうのだった。

11　初依頼は薬草採取

「あ、ミュランさん。新人のご指導ですか？」

「ま、そんなところね。それよりこれ、お願いね」

「はい!!」

ミュランさんが依頼書をカウンターに出すと、俺とエルサに言う。

「さ、どっちか冒険者カードを出して。依頼は依頼書と、冒険者カードの二つを出して受理されるの」

「あ、じゃあ俺が……」

俺は冒険者カードを出す。受付さんが受け取った。

「この場合、依頼はレクスが受けたってことになるわ。あなたたち、パーティー登録してるわけじゃないわよね？」

「「……パーティー登録？」」

「あはは。じゃあ説明してあげる」

パーティー登録。

冒険者は最大五名までパーティー登録が可能で、パーティーで依頼を受けた場合、依頼の評価はパーティー全員の経験値となる。

依頼を重ね、評価経験値を積んでいくと、冒険者の等級は上がる。

この場合、チームを組んでいないので、依頼を受けたのは俺で、ミュランさんとエルサは同行者という扱いになる。同行者の場合、評価経験値は入らないのだ。

「――って感じ。それと、依頼にも等級があるのを確認すること」

俺とエルサはF級冒険者なので、受けられる依頼は一つ上のE級依頼まで。基本的に、今の等級の一つ上までの依頼しか受けることはできない。

すると、エルサが質問。

「質問です。ミュランさんはB級ですよね？　仮にミュランさんとパーティーを組んで、B級の依頼を受けたとしたら、その時の評価はどうなるんですか？」

「いい質問ね。その場合は、一つ上の評価になるわ。私はB級としての評価経験値を、あなたたちはＥ級としての評価経験値が入る。Ｂ級の評価経験値をもらってすぐに冒険者等級が上がるなんてことはないから安心ね。冒険者ギルドとしても、若く経験の浅い冒険者たちがすぐに死ぬようなことになってほしくないみたいだから」

なーるほどな……ちゃんと考えてあるんだな。

今回の薬草採取の等級はＥ級だ。異世界転生系の漫画でも読んだけど、あまり難易度が高くない。

依頼の受理が終わり、冒険者カードと依頼書が返却された。

「今回の依頼を確認します。依頼内容は薬草採取で、キュア草を五十束、リフル草を五十束、キララ草を五十束、それぞれ納品をお願いします。それ以上の納品も可能となりますので、がんばってくださいね」

「わかりました」

依頼を受理……冒険者として初の依頼だ。

少しテンションが上がってるかもしれん。

「じゃ、行きましょっか」

「えっと……場所とか」

「お姉さんからのアドバイス。薬草の材料は探せばいくらでも生えてるわ。主に森や雑木林……ここに来る途中、いくらでもあったでしょ？」

エルサと顔を見合わせると、エルサが言った。

「そういえば、ルロワの街の入口の傍に森がありました」

「そういやそうだな……よし、行ってみるか」

こうして、俺たちの初依頼が始まるのだった。

◇◇◇◇◇◇

ルロワの街から少し離れた場所にある小さな森。

入るなり、ミュランさんがしゃがみ、いくつかの草を抜いた。

「これがキュア草、こっちがリフル草、これがキララ草ね」

「え、もうあったんですか!?」

「ええ。いくらでも生えてるから抜き放題。だいたい、十本で一束、それを五十束ずつね」

「五十……」

周りを見ると、似たようなのがいくらでも生えている。

はっきり言って、三人なら一時間かからないだろう。

『きゅいいー!』

「お、おいムサシ」

すると、ムサシが俺の肩から飛び降り、低空飛行しながら雑草を抜き始めた。

器用に抜いていくな。咥《くわ》え、引っ張って抜くを繰り返している。

「あはは。あんたの獣魔は仕事が速いね」

「くっ……負けてたまるか」

「わわ、レクスも速いです!!」

それから一時間ほど、とにかく薬草を抜いた。

数を数えると、三種類で百束ずつ……納品数の二倍も抜いてしまった。

それらをアイテムボックスに入れると、エルサが言う。

「終わっちゃいましたね……」

「ああ。なんか周囲が綺麗になってるし……草むしりしただけみたいな気もする」

「あはは。薬草採取なんてそんなものよ。稼ぎも少ないし、やっぱり人気があるのは魔獣討伐だね。でも、オスクール街道では魔獣なんてそう出ないし、みんなダンジョン目指して行ってしまう」

ダンジョン。

そういえばそんな単語を聞いていたが、聞き流していた。

ミュランさんが座ったので、俺とエルサも座る。

「ミュランさん。ダンジョンってなんですか？」

俺の質問だ。

なんとなく理解はしてるが、経験豊富な冒険者から聞いてみたかった。

「迷宮よ。いつ、どこで、誰が作ったのかわからないけど、ダンジョンの中にはお宝がたくさんある……若い子もベテランもみんな、ダンジョンに魅せられて冒険者を目指すの」

「ダンジョンか……少し興味あるな」

「わたしも少しだけ」

「あはは。まあ、難易度が低いダンジョンもあるし、これから先、いろんな国を旅するなら入る機会もあるかもね」

それから、俺とエルサはミュランさんから冒険者についてのイロハを教わった。


時間もけっこう過ぎたので、俺たちはルロワの街へ戻り、冒険者ギルドへ。

受付で、集めた薬草を納品。確認してもらうと、無事に依頼を終えた。

「こちらは報酬です。ご確認ください」

「えーと……銅貨が八枚だな」

この世界における通貨は日本と似ている。

鉄貨が十円、銅貨が百円、銀貨が千円、金貨は一万円。白金貨が百万円ってところだ。

白金貨だけレベルが違う。ちなみに俺、白金貨はそこそこの枚数持っている。ドラグネイズ公爵家の支援金ってかなりの額だったんだなあ……と、今更思う。

つまり、薬草採取の報酬は八百円……やっす。

「え、えっとミュランさん……報酬は」

「銅貨二枚でいいよ。あんたたち、素直でいい子たちだからね。私も久しぶりに初心に戻って薬草採取できたわ。ふふ、楽しかった」

さすがに安すぎる。

全部渡し、さらに財布から追加報酬を支払おうと思ったら、ミュランさんが俺の口に人差し指を添えた。

「いい？　冒険者になって初めての報酬は、鉄貨一枚でも大事なものなの。これから先、レクスとエルサは冒険者で稼ぐことが多くなる。きっと銀貨や金貨も当たり前のように稼ぐ……でもね、初めての報酬はそれに勝るか匹敵する重さなの。大事にしなさい」

「は、はい……」

顔が近く、妙に色っぽくてドキドキしてしまう。

ミュランさんは俺の口から指を離すと、にっこり微笑んだ。

「旅、か……私も、そろそろ別の国で仕事しようかしら。ふふ、またどこかで会えるといいわね」

そう言って、ミュランさんは風のように去っていった。

なんとなく、エルサと顔を見合わせる。

「……なんか、すごい人だったな」

「はい。レクス……なんかドキドキしてましたよね－」

「そ、そんなことないぞ。っと、これ報酬の銅貨二枚。俺も二枚で、残りの二枚は共用の財布に入れておくからな!!」

俺は誤魔化《ごまか》すように財布に入れ、何度も咳払いをするのだった。

12 情報収集

初依頼を終えた。

俺、エルサは打ち上げで宿屋近くの飲み屋へ向かった。

飯屋ではなく飲み屋……実はこの異世界、成人が十六歳からなので、俺とエルサはもう酒を飲める。

だが、なんとなーく飲むとか考えたことがなかったので、今日は初めての飲酒である。

ちなみに俺……若くして死んだので生前も酒を飲んだことはない。

そして、居酒屋っぽいところに入って驚いた。

「あれっ、お二人さんじゃない」

「「ミュランさん!!」」

エルサと声が揃ってしまった。

ミュランさんはカウンター席に座っていたが、店主に「席移動するねー」と言って円卓へ。

俺とエルサにちょいちょいと手招き。円卓に座り、ムサシをテーブルに置くとコロコロ転がった。

「あはは。なんか恥ずかしいね、さっきは『またどこかで』なんて言って別れたのに、まさか居酒屋で再会するなんてねー」

「いや、そんなことないっすよ。また会えて嬉しいっす」

「はい。わたしもです」

「嬉しいこと言うね。ここに来たってことは、初依頼の成功祝いに打ち上げってところかな？」

まさにその通り。

ミュランさんは笑うと、店員さんに料理と酒を頼む。

「よし、ここはお姉さんの奢《おご》り。お酒、飲んだことある？」

「いや、俺もエルサも未経験で」

「あの……できれば、優しくて甘い味のお酒で」

「ぷっ……あはは!!　わかったわかった。甘めのね」

注文したのは甘い果実酒だ。

「じゃ、依頼の成功を祝して……かんぱいっ」

「「かんぱーい」」

グラスを合わせて飲んでみると……甘酸っぱい。りんごみたいな味だ。

エルサは飲むとにっこり顔を綻《ほころ》ばせる。

「おいしい〜」

「アプ酒っていう果実のお酒だよ。おいしいでしょ？」

「はい。飲みやすくて、しかも甘いです」

『きゅるるー』

「お？　この子もいけるクチだね」

いつの間にか、小皿にアプ酒を注ぎ、ムサシがペロペロ舐めていた……いつの間に。

ムサシ、あっという間に飲み干し、俺におかわりを要求してきた。

それからしばらく、お酒を飲みながら料理を楽しんだ。

居酒屋メニューというか、煮物や揚げ物が多い。生野菜サラダもあり、俺は肉と野菜を交互に食べた。

ふと、俺は聞いてみた。

「あ、ミュランさん、ちょっと聞きたいんですけど……クシャスラってどういうところか知ってます？」

「そりゃもちろん。ここ、国境だしね」

「俺とエルサ、今度はそこに行く予定なんです。有名どころとかあれば教えてもらえませんか？」

「……あー、知らないのか」

ミュランさんは表情を曇らせる。

「今、クシャスラはちょっと荒れてるんだよね……風が」

「……風？」

「うん。風車の国クシャスラって、風属性を司る国ってのは知ってるよね？　でも今、理由は不明だけどクシャスラ全域で風が荒れ狂ってるらしいんだ」

初めて聞いた。

俺はアプ酒のグラスを置く。

「天気が悪いとかじゃなくて……？」

「わからない。天気がいい日もあれば、とにかく荒れる日もある。でも最近は毎日強風……しかも、なぜか魔獣も活発化してる。クシャスラ所属の冒険者たちは毎日大忙しだって」

「そうなんですか……」

面倒ごとにならないといいけどな……少しだけ嫌な予感。

◇◇◇◇◇◇

さて……飲み終わり、宿に帰るところだが。

「ふわ〜」

「お、おいエルサ……しっかりしろって」

「いや～、けっこう弱いねえ。お酒」

エルサがフワフワしていた。立っているんだが、なんかフラフラ揺れている。

ちなみにムサシも酔っ払い、俺は強制的に紋章に押し込んだ。

ミュランさんは言う。

「レクス。エルサは恋人なの？」

「え、いやそういうんじゃなくて、同志といいますか……仲間です」

「そっか。じゃあ、部屋まで送るのはちょっとためらうかな。私が運んであげるから、一緒に行こうか」

「すみません……」

「いいのいいの。ほら、行くよ」

ミュランさんはエルサをおんぶする。

宿までは歩いて五分くらいだ。

宿屋に到着して部屋まで送る……部屋に鍵がかかっていたので、ミュランさんはエルサのポケットから鍵を取り出し、そのままベッドに寝かせて部屋から出てきた。

俺は一階までミュランさんを見送る。

「すみません、ありがとうございました」

「いいって。ところで、クシャスラには行くんだね？」

「ええ。そのつもりです」

「そっか。気をつけてね」

「はい。ミュランさんは、まだこの街に？」

「ん〜……私も旅の冒険者だし、この街もけっこう長いのよね。そろそろ、新しいところに行くのもいいかなって考えてる。でも、まだその時じゃないかな」

「そうですか……」

「あはは。仲間になってほしかった？　でも……きっと、今は二人と一匹の旅の方がいいと思う。私があれこれ教えるのもいいけど、きみたちは素直だし、自分の目で見て考えた方がきっと成長する」

「……はい」

「じゃあ、またね。レクス、エルサにも伝えておいて……よい旅を」

「はい。ミュランさん、ありがとうございました。またどこかで」

ミュランさんは微笑み、軽く手を振って夜の街に消えていった。

今日は偶然に居酒屋で出会ったけど……なんだかもう、この街に滞在している間には会わない気がした。

◇◇◇◇◇◇

それから数日、足りない物を補充したり、何度か薬草採取の依頼を受けた。

一度だけ、早朝の冒険者ギルドに行って『依頼書の争奪戦』とやらに参加してみたが……そりゃもう、ひどかった。

限定品を買うために並ぶ転売ヤーみたいな、とにかく順番とか関係なしに依頼書を取り合うという、この世の地獄みたいな場所だった……正直、もう二度と並びたくない。

というわけで、俺とエルサは残り物依頼専門になることを決意したのだった。


そうしてルロワの街に滞在して十日ほど……そろそろ出発、という話になった。

「次は、風車の国クシャスラですね」

「ああ。風の国か……どんなところだろう。やっぱ風車が多いのかな」

「楽しみですね。いろいろ観光地も調べたし、楽しめそうです」

「うん。ムサシも楽しみだろ？」

『きゅうう!!』

ムサシは、俺とエルサの周りをビュンビュン飛ぶ。

さて、そろそろリューグベルン帝国とは本当のお別れだ。

「さて、出発は明日……エルサ、いいな？」

「はい!!」

『きゅるる!!』

いよいよ、新しい国に踏み込むぞ。今からすっごく楽しみだ!!

13　ドラグネイズ公爵家にて①

リューグベルン帝国、ドラグネイズ公爵家。

名家であり、史上最強のジョブである竜滅士の家系であり、帝国最強の貴族。

竜滅士の本家ドラグネイズ公爵家の当主、帝国最強の竜滅士にして六滅竜の一人であるバルトロメイ・ドラグネイズは、冷や汗を流していた。

理由は、目の前にいる少女……愛娘シャルネの威圧。

「父上。どういうことでしょうか」

「……な、何がだ」

「お兄ちゃんのことです!!」

シャルネは、額に青筋を浮かべ父を怒鳴りつけた。

部屋の隅にいた兄のフリードリヒも「うわぁ〜……」と気の毒そうに肩を竦《すく》めている。

「追放？　お兄ちゃんが何をしたと言うのですか!!　竜誕の儀は、神からドラゴンを授かる儀式!!　そこにヒトの意思が尊重されるはずがないと父上もご存じでしょう!!　お兄ちゃんが授かったドラゴンを否定し、その責任をお兄ちゃんに負わせ追放!?　誇り高きドラグネイズ公爵家の当主がすべきことですか!?」

「シャルネ、貴様、当主であるワシに」

「黙りなさい!!」

バン!!　と机を叩くシャルネ。バルトロメイはその圧力に口をつぐむ。

すると、パンパンと手を叩きながらフリードリヒが割り込んだ。

「シャルネ、そこまでだ」

「お兄様……なぜレクスお兄ちゃんを止めなかったの!?」

「最初は止めようとした。だが、あいつは……ここを出た方がいいと判断した」

「……え？」

フリードリヒはため息を吐いた。

「ドラグネイズ公爵家にも見栄がある。神から賜ったドラゴンがあんな『手乗りドラゴン』じゃ見栄えが悪いにもほどがある。幸い、お前が授かった『氷狼竜』フェンリスは、幻想級に至る可能性を秘めているからなんとかなったがな……」

「それは……」

ドラゴンには、階級が存在する。

天級から始まり、天空級、彼方級《かなた》、永久級《とこしえ》、幻想級、そしてドラゴンの最上級である神話級。

現在、神話級ドラゴンは存在しない。竜滅士最強である六滅竜の使役する幻想級のドラゴンが最強なのである。

「現在、ドラグネイズ公爵家を所縁《ゆえん》とする竜滅士の数は六百名……竜滅士の本家であるドラグネイズ公爵家に、レクスのような天級以下のドラゴンを使役する者がいてはならないんだよ」

「……だからって、追放なんて‼」

シャルネは歯噛みする。

フリードリヒはため息を吐き、シャルネに言い聞かせるように言う。

「本当は、追放なんてするつもりはなかったんだよ」

「え……？」

「レクスには、ドラグネイズ公爵家の持つ領地で、領主代行の地位を与えて領地運営を任せようと思ってたんだ。あいつは昔から頭もよかったしな……オレも父上も、見ての通り王都から離れるわけにはいかないし、いつまでも領地をほったらかしにするわけにもいかんしな」

「お、お兄ちゃんが領主に？」

「ああ。曲がりなりにも本家の次男だし、あいつが領地を運営するのになんの問題もない。ですよね、父上」

「………ああ」

バルトロメイは頷いた。

大きくため息を吐き、頭を押さえている。

「最初、父上は確かにレクスを怒鳴りつけた。授かったドラゴンを出来損ないと言ったし、あいつに責任を押しつけた。落胆する気持ちはオレにもわかったさ」

「………」

「心を落ち着かせ、父上は領地に行くように言おうとした。でも……レクスはなんて言ったと思う？　あいつは『俺を殺すということですか』って言ったんだ」

「……え」

シャルネは驚いた。

そして、バルトロメイを見た。確かに厳しい父ではあるが、子に対する愛情は間違いなくある。

「平坦な声で、殺すのかって、自分の親に言ったんだ。父上にそんなつもりは欠片もなかった。そしてあいつは自分から家を出るって言ったんだ……正直、オレはそっちの方がいいと思った。あいつは……少し、怖い」

「お、お兄様……」

「………はあ」

「ち、父上も……」

バルトロメイは、疲れた顔でシャルネに言う。

「ワシは、レクスを殺そうなんて思ったことはない。断じてな……だが、あいつはそうは思っていなかった。あいつは……ワシが、自分を殺すと確信していたような……そんな気がする」

「……父上」

「家を出ると言った時、ワシは止められなかった。すぐに言葉を返せなかった……」

シャルネはそれだけ聞くと、頭を下げた。

「……申し訳ございませんでした、父上」

「…………」

バルトロメイは何も言わず、小さく頷くのだった。

◇◇◇◇◇

シャルネが父の部屋から出ると、フリードリヒも一緒に出てきた。

「ところで、アミュアは？」

「その、落ち込んでます。傍にアグニベルトが付いていますけど……」

アグニベルトは、アミュアが授かった甲殻種のドラゴンである。

フリードリヒがため息を吐く。

「アミュアは、レクスのこと好きだったもんな。あいつが領主になれば、そのまま嫁として迎えることもできたんだが……」

「………」

「とりあえずは仕方ない。それよりシャルネ、お前とアミュアに『竜滅庁《りゅうめつちょう》』から指令が下るぞ」

「竜滅庁から？」

竜滅庁とは。

リューグベルン帝国王族とは別の、王族と同じ権力を持つ組織である。

組織の運営は六滅竜が担い、そこに所属する竜滅士合計六百名が、命令によって各地で任務を行う。

「お前は氷属性だから『氷黎神竜《ひょうめいしんりゅう》』イスベルグ様の下だな。アミュアは炎属性だから『炎獄神竜《えんごくしんりゅう》』ディアブレイズ様の下だ。新人だし、そう難しい指令は下らない。補佐の竜滅士もしばらくは付く」

「イスベルグ様か……あのお方、すごい美人なんだけど少し怖いのよね」

「ディアブレイズ様のがこぇぇよ。あの筋肉ダルマ……じゃなくて、ちゃんと準備しておけよ」

「はぁい……はあ」

「……お前もレクスにべったりだったしな。いなくて寂しい気持ちはわかる」

「……そんなことないもん」

シャルネはそっぽ向き、フリードリヒに舌を見せてその場をあとにした。

◇◇◇◇◇◇

シャルネは、ドラグネイズ公爵家の所有する竜滅士訓練場にやってきた。

そこにいたのは、全長三メートルほどの、全身が鎧のような甲殻に包まれた真っ赤なドラゴン、『烈火竜』アグニベルトと、ラフな恰好で拳を振るうアミュアだ。

アミュアは、長い赤髪をポニーテールにして、大汗を流しながら拳を振るっている。

シャルネに気づくと、少しだけ微笑んで片手を上げた。

「シャルネ、あなたも訓練？」

「ううん。様子見……あれ？　アグニベルト、なんだか大きくなってない？」

「うん。ちょっと成長した。ドラゴンの成長って早いね」

全長二メートルほどだったアグニベルトは、三メートルほどに伸びていた。

（早すぎない？　ドラゴンは幼体で生まれるけど、身体が成長を始めるのは授かってから三か月後くらいのはずだけど……）

『ガロロロ……』

アグニベルトは、甲殻の隙間から火の粉を噴き出していた。

アミュアは汗を拭《ぬぐ》う。

「ふう……」

「アミュア。ドラグネイズ流格闘術、本気で極めるの？」

「うん。武器をいろいろ試したけどしっくりこなくて……でも、アグニベルトを授かってから、これが私の戦闘スタイルって確信できたんだ。魔力で身体を強化すれば、筋力がなくてもいけそうだし。私、筋肉が付きにくいみたいなのよね……胸は出てるのに」

アミュアは、十六歳のわりに大きな胸を邪魔そうに揉む。

そのボリュームに、シャルネは頬をヒクつかせた。

「あ、そうだ……あたしとアミュア、指令を受けるかもだって」

「指令って、竜滅庁から？」

「うん。属性で所属する場所が違うけど、新人同士だし、一緒に指令受けるかもってお兄様が言ってたよ」

「そっか……」

「……アミュア。お兄ちゃんのこと、気になるよね」

「まあね……」

「お兄様から聞いたんだけど……聞く？」

シャルネは、父と兄から聞いたレクスのことを話す。

アミュアは肩を落とした。

「あいつ……ほんと馬鹿」

「……アミュア」

「あーあ。あいつが領主になれば、婚約できたのになあ!! レクスの馬鹿!!」

アミュアは叫んだ。

悔しそうに、そして悲しそうに。

「はあ……私、諦められないなあ。せめてちゃんとお話をしたいかも」

「あたしもだよ。勝手にいなくなって……一言くらい何かあってもいいのに」

アミュア、シャルネは顔を見合わせて笑う。

レクスに一言。その気持ちは同じだった。

「よし。シャルネ、あいつのこと探しましょっか」

「うん。指令の間にでも探すことはできるよね」

「そうね。私……自分の気持ち伝えるまで、諦めないし」

「うん!! あたし、アミュアがお姉ちゃんになったら嬉しいもん」

アミュアとシャルネは、レクスのことを諦めるつもりはなさそうだった。

「そういえば、指令ってどんなのかな?」

「お兄様が言ってたけど……最近、風車の国クシャスラで謎の暴風が発生してるんだって。その調査じゃないかなって言ってた」

「へえ、面白そう」

風車の国クシャスラ。

奇《く》しくも、レクスがエルサと『観光』するために向かった国だった。

第一章

風車の国クシャスラ

14　ルロワの街を抜けた先

「よし。エルサ、忘れ物ないな？」

「はい。大丈夫です」

俺とエルサは宿を出て、宿の前で確認。

今日、ルロワの街を出て国境を越え、リューグベルン帝国の隣国である、風車の国クシャスラへ行く。

俺とエルサ、そして今日はエルサの肩に乗っているムサシは、二週間ほど世話になった宿を見上げた。

「なんか、名残惜しいよな」

「はい……わたし、これほど長く実家から離れてたの、初めてなので」

「そうなのか？　魔法学園って寮とかあるんじゃ」

「あるけど、わたしは入ってませんでした」

なるほど。エルサもいろいろあるんだろうな。

まあ、今は長々と話すことじゃないな。

「さて、この二週間で冒険者として少し活躍し、少しだけお金も稼いで、野営をした経験から足りない物も補充した。少なくとも、これから一週間ほどなら、町や村を経由しなくてもクシャスラを目指せる」

「地図も最新のを買いましたし、オスクール街道と脇道を経由して進むルートもばっちりです」

つまり、『準備は万全』ってやつだ。

漫画やアニメでは『次の町へ！』で終わり、次話でいきなり『ようやく到着した〜……』って始まるパターンも少なくない。だが『パッと行く』なんてゲームの世界だし、準備はしっかりせねば……そもそも、俺やエルサにとっては未知の領域だしな。

「今日はオスクール街道を通って道中の簡易宿で一泊、宿が満室だったら近くの水場で野営。次の日は脇道に入って『クシャスラ自然公園』を進んで観光しつつ野営……クシャスラ本国まではざっと七日ほどの距離だ」

「はい。えへへ、クシャスラ……激辛お鍋」

エルサが何を考えているのか……たぶん、クシャスラ本国で食える激辛鍋のことだろうな。

とりあえず予定の確認は大丈夫。さっそく出発しよう。

『きゅるる』

「ん、次は俺の頭か。落ちるなよ」

ムサシがエルサの肩から俺の頭へ移動。そのままべったり寝そべった。

◇◇◇◇◇◇

さて、さっそくルロワの街の国境へ。

門兵に冒険者カードを見せると、確認のあとにすぐ門の先に進めたのだが。

「「…………」」

『きゅ……きゅう』

門の先は、ひどい天気だった。

暴風……台風前の暴風というか、とんでもない風だ。

俺の頭にいたムサシは、右手の紋章に飛び込んでしまった。

「え、なんだこれ。門の先の天気違いすぎるぞ」

「さ、さっきまで穏やかでしたよね？　え、どういうこと……」

恐ろしいのは、青空なのに風が吹いている。

これで雨でも降ったら暴風雨だ。雨カッパの準備はあるが、天気のいいに越したことはない。

エルサと顔を見合わせる。

「い、行くか」

「は、はい」

「その……風すごいから気をつけてな」

俺たちは、オスクール街道を歩きだした。

風がとにかく強い。

立って歩けないほどじゃないが、普通に歩くより疲れるし、目にゴミが入って痛い。

ゴーグルとか買っておけばよかった……エルサを見ると、髪が乱れまくってるし。被っていた帽子が飛ばないよう必死に押さえている。

やや前傾姿勢で歩いていると、街道の前で幌付きの馬車が横転していた。

屈強な護衛の冒険者たちが起こしている。手伝いは必要なさそうだ。

「馬車も倒れる風か……」

「うう、髪の毛がグチャグチャです……」

オスクール街道は整備されて見通しがいいけど、木々の並びも少ないおかげで風がモロに当たる。

少し歩くと、雑木林に続く脇道があった。

「エルサ、提案していいか?」

「は、はい……?」

「今日はオスクール街道を通って宿に行く予定だったけど……風がすごくて思った以上に歩きにくいし、もう昼前なのに全然進んでない。予定変更して、オスクール街道を抜けて脇道に入ろう」

「さ、賛成ですっ……」

予定を変更して脇道に入ると、木々が防壁となってマシになった。

『暴風』が『やや強風』になった感じ。少なくとも前傾姿勢で進まなくてもよさそうだ。

「レクス。この脇道、馬車の跡や足跡があります。みんなオスクール街道じゃなくて、こっちの道を通ったみたいです」

「本当だ。オスクール街道は開けてるし道も整備されてるけど、遮《さえぎ》る物がないから強風をモロに浴びる。こっちは木々で守られているから、かなりマシみたいだな」

「はい。でもこの道、前に通った脇道よりも整備されていない感じです。しかもここはもうクシャスラ領内ですし……魔獣も」

と、エルサが言った時だった。

前の方から『グオオオ!!』と咆哮《ほうこう》が聞こえてきた。

「エルサ」

「は、はい!!」

魔獣の叫びだ。

風に乗り、血の匂いがしてきた。

誰かが戦っている。冒険者か、それとも一般人か。

「レクス、どうしますか。やり過ごすか、助太刀するか……」

「………………」

異世界転生のお約束では、主人公は飛び出し、チートを駆使したりして、軽く倒しちゃうんだろう。そしてそれがお姫様とか有名な商人で『ありがとうございます‼』的な感じの展開になるんだが。

　こっちはチートなんてないし、腕っぷしに自信があるわけでもない。

　助太刀に行って邪魔になることもあるし、返り討ちに遭う可能性もある。

　でも……やっぱり、見て見ぬふりはできないんだよなあ。

「とりあえず近づいて様子を見よう。真っ先に飛び出して巻き込まれれば、邪魔になるかもしれない。それに戦っている相手が全滅していたら、こっちが狙われる可能性もある。ちょうど風下だし、慎重に行こう」

「は、はい」

　俺とエルサは慎重に近づく。

　すると、見えてきた……街道の先にある少し広い場所で、三人ほど戦っていた。

「あれは……ウィンドワーウルフです」

　エルサが言う。

　緑色の体毛を持つ、二足歩行の狼男と言えばいいのか。

　身長は二メートルほど。数は四体。

　武器は両手の爪……血が付いてる。

戦っているのは三人。う、……一人は首から大量出血していてピクリとも動かない。もう一人は……うげ、片腕失って真っ青。最後の一人は弓を持った女の子だけど肩で息をしている。

「レ、レクス……」

わかってる。

このままじゃ、あの女の子は死ぬし、怪我人も殺される。

でも、相手は四体だ。大きさもあっちが上だし。

ただ、ここは幸い風下だ。俺たちの匂いは気づかれていない。

でも……くそ、見殺しにするしかない……のか。

『きゅういいい!!』

「あだっ!?　ム、ムサシ……？」

『ぎゅうう!!』

ムサシに突かれた。そして指を噛まれる。

まるで『腰抜け!!』と叱られているような……そして、ムサシは飛び出した。

「ム、ムサシ!!」

『きゅるあああ!!』

口から野球ボールほどの火球を放ち、ウィンドワーウルフに向かって突撃した。

「レクス……わたしも行きます」

「エルサ……」

「わたしも怖いです。理由を付けて逃げたくなる気持ちもわかります。でも……ここで逃げたらきっと、これからも逃げちゃうと思います。わたし……もう」

「……………」

エルサは立ち上がる。そして、俺も立ち上がった。

「ごめん!! そうだよな……ここで逃げたら男じゃねぇ!!」

「はい!!」

「行くぞエルサ!!」

俺は双剣を抜き飛び出した。

エルサも杖を握り俺の後ろへ続く。

◇◇◇◇◇

「え、誰!? え、なにこの白いの!?」

弓を持った女の子が叫ぶ。

ウィンドワーウルフはビュンビュン飛び回るムサシに爪を振るうが、小さすぎるのと素早いので当たらない。

俺はムサシに気を取られている一体の背後に接近し、両足を斬りつけた。

『グガァ!?』

「遅い」

双剣を投げ、アイテムボックスから銃を取り出し、振り返った瞬間に連射。顔に数発の弾丸をブチ込み、後頭部から脳みそが飛び出した。

アイテムボックスに素早く銃を収納し、投げた双剣をキャッチ。

『きゅいいい!!』

「悪いムサシ、一緒に戦うぞ!!」

『きゅああ!!』

応《おう》!!　そう叫んだように聞こえた。

そして、三体のウィンドワーウルフが俺に狙いを定める……が。

『ゴガッ!?　が、ガガ……ゴボァ!?』

真横から飛んできた『水の玉』が、ウィンドワーウルフの頭を包み込む。

水の玉……なるほど、あれで包み込めば呼吸はできない。しかも水だから掴めないし。

ウィンドワーウルフはバタバタ暴れ、そのまま倒れた。

「誰だかわかんないけど、援護するよ!!」

弓を持った女の子が矢を番《つが》え、エルサが杖を向ける。

矢、水の槍が同時に放たれるが、ウィンドワーウルフの三体目が回避。

俺は素早く接近し、回避途中のウィンドワーウルフの腹に蹴りを叩き込んだ。

威力は大したことないがバランスを崩し転倒。

再び接近し、アイテムボックスからハンマーを取り出し思い切りスイング。そのまま倒れていたウィンドワーウルフの頭を潰した。

そして四体目……立て続けに三体やられ、戦意を喪失したのかジリジリ後退。そのまま藪の中に飛び込んで逃げてしまった。

「……終わった、か？」

『きゅいい‼』

「……ふはあ」

俺は脱力……血濡れで、脳漿《のうしょう》の付いた槌を支えにした。このままへたり込むのはカッコ悪い。

すると、エルサが近づいてきて……フラフラしながら俺の腕にもたれかかった。

「す、すみません……なんか、力抜けちゃって」

「ははは……実は俺も。なあエルサ、あとでこの槌と剣に水ぶっかけてくれ。血塗《ちまみ》れだ」

「ひえっ⁉」

今更、転がっている死骸を見てエルサは青くなるのだった。

やや力を抜いていると、女の子がしゃがみ込んでいるのに気づく。

「スミス、ヘド……ごめんね」

傍には、死体。

首を切られた男と、腕を失った男が死んでいた。

どうやら間に合わなかったようだ。

女の子は目を拭い、俺とエルサに向かって敬礼……今気づいた。女の子と死んだ二人の男、装備が全く同じだ。

「私は、クシャスラ騎士団第二中隊所属、弓士のリリカと申します。戦闘の助力感謝します!!」

「クシャスラ騎士団って、風車の国クシャスラの騎士?」

「はい!! う……」

女の子……リリカは敬礼したまま、ポロポロ涙をこぼす。

仲間を失ったばかり。なんと声をかければいいのか。

「すぐに部隊の仲間が到着します。もしよろしければ、お礼をしたいので本国までご同行をお願いします!!」

なんだか、観光とか言ってる場合じゃなさそうだ。

俺はエルサと顔を見合わせる。

「……一緒に行くか」

「はい。そうしましょう……」

風車の国クシャスラか……なんだか、一波乱ありそうだ。

15　騎士リリカ

俺、エルサは馬車に乗っていた。

魔獣との戦闘後、クシャスラ騎士団が到着……騎士のリリカの同期が、兵士二人の遺体を丁寧に包み馬車に乗せて、別の馬車に俺とリリカを乗せて本国まで送ってくれるそうだ。

風は少しだけやんでいた。

俺は、気落ちしているリリカをチラッと見る。するとリリカがこっちを見た。

「あなたたち、すごく強いね。ウィンドワーウルフ四体を同時に相手できるなんて」

「いや、かなりいっぱいいっぱいだったよ」

「ですね……今思い出しても、身体が震えます」

けっこう無茶だった……あの時は、あまり考えずに身体が動いた。

リリカはクスッと笑う。

「冒険者だよね？　向こうから来たってことは、リューグベルン帝国から？」

「ああ、そうだ」

「あ、自己紹介してませんでした。わたしはエルサ、こちらはレクスです」

「よろしく」

「うん。その……こんな時に大変だけど、クシャスラを楽しんでね」

リリカは笑った。

あまり気を遣いすぎると落ち込むパターンだ。

せっかくだし、現地人に聞いてみるか。

「なあ、リリカさん。質問していいか？」

「リリカでいいよ。歳も近そうだし……それでレクス、質問って？」

「じゃあリリカ。クシャスラっていつもこんなに風が強いのか？　初めはオスクール街道を通ったんだけど、あまりの強風にまともに進めなかったぞ。馬車も横転してたし……」

「ああ……原因はわかってるんだけど、どうしようもないの」

リリカは馬車から身を乗り出し、空を見上げた。

「実は、正体不明の魔獣が現れて、クシャスラの空を支配しちゃったの」

「そ、空を支配？」

「うん。たまに上空を飛んでるけど……その魔獣が飛ぶと、『風』の魔法が撒き散らされて、周囲を暴風で包み込むの……さっきの強風は、その魔獣がクシャスラ上空を飛んだ影響なんだ」

驚く俺、そしてエルサ。

ふと俺は思った。

「魔獣って……退治できないのか？　そもそも、各国にはリューグベルン帝国から派遣される竜滅士が何人か常駐してるはずだろ？」

「……そうなんだけどね。実は、クシャスラに派遣されていた竜滅士が討伐に向かったけど……行方不明になったの」

「なっ……」

再び驚く俺。

竜滅士が行方不明って、まさか。

「まさか、その魔獣に負けたのか!?　竜滅士が!?」

「わからないけど、クシャスラ騎士団はそう見てる。そもそも、その魔獣が空を飛ぶようになったのは、竜滅士が負けてから……恐らく、竜滅士が消えて安心したから空を飛べるようになったんだと思う。それまでは、クシャスラ本国に隣接する山から動くことはなかったんだけどね」

「あの……その魔獣って、どんな魔獣なんですか？」

エルサの質問だ。

魔獣だけじゃわかりにくいし、名前は知りたい。

「私たちは『サルワ』って呼んでるの。でっかい豚みたいな魔獣で、吐く息がすっごく臭くてさ……最初は騎士団で対処して追い払ってたんだけど、なかなか退治できなくて、竜滅士が山に登って巣を潰そうとしたの。そうしたら竜滅士はそのまま戻ってこなくて……サルワが空を飛ぶようになって、風魔法を撒き散らして暴風を起こすようになったの」

風魔法を撒き散らす、か。

空を飛んでるんじゃ、地上からはどうしようもない。

「でも、このままじゃまずいよな」

「うん。風が強すぎて、城下町の風車もいくつか壊されてね……クシャスラ本国の象徴である『大風車』は大丈夫だけど……」

「じゃありリカ、リューグベルン帝国に頼んで、竜滅士を新たに派遣してもらうのはどうだ？」

「すでにお願いしたみたい。常駐していたのは彼方《かなた》級の竜滅士だったけど、今度は永久《とこしえ》級の竜滅士を派遣してもらうよう申請したって」

「……かなた、とこしえ？」

エルサが首を傾げる。

俺が説明した。

「竜滅士の使役するドラゴンには階級がある。神様から授かった時は幼竜だけど、ある程度成長すると天級に分類される。それから天空級、彼方《かなた》級、永久《とこしえ》級、幻想級って階級が上がっていくんだ」

「そうなんですね……知らなかった」

「竜滅士は六百名くらい存在するけど、永久《とこしえ》級は全員がリューグベルン帝国に常駐している。だから天空級、彼方《かなた》級が各国に派遣されているんだ。それと、最強の竜滅士である幻想級は、地・水・風・炎・雷・氷の六属性に一体ずつ、それぞれ六滅竜としてリューグベルン帝国最強の竜滅士って呼ばれているんだ」

「……レクス、あなた詳しいね」

「あ、いや」

リリカがじーっと俺を見ていた。

やべ、ちょっと説明楽しくて調子に乗ってしまった。

俺が雷属性最強であり六滅竜のリーダーであるドラグネイズ公爵家の元次男って知られたら面倒ごとになるかもしれない。

「え、えっと……竜滅士のファンなんだ」

「へー、そうなんだ。マニアなんだね」

「あ、ああ」

……この世界にもマニアって単語があるんだな。

ちょっと釈然としないが、まあいいか。

リリカは「さて」と言い、俺たちに言う。

「本国までは一日かかるけど、道中は守るから安心して」

「一日か……徒歩では七日の予定だったけど」

「馬車だし、騎士団専用のルートもあるからね」

観光の予定もあったけど……この事態が収まるまでは仕方ないな。

しばらくクシャスラ王国に滞在して、騎士団と派遣された竜滅士がサルワを討伐するまで、大人しくしていた方がよさそうだ。

するとエルサが言う。

「あの、リリカさんたちはなんで、あそこで戦ってたんですか？」

「ああ、サルワの影響なのか、最近は魔獣が多いのよ。それに……どういうわけか、魔獣も強くなってる」

「……サルワのせいなのか？」

「わからない。今回は騎士団の中隊をさらに分けて魔獣の対処をしていたんだけど、まさかウィンドワーウルフが四体も現れるなんて……はあ」

仲間を失ってしまったリリカ……かける言葉がない。

なんとなく気まずい雰囲気になる。するとリリカが顔を上げた。

「あ、そうだ‼　レクスにエルサ、本国に到着したら街を案内してあげる。サルワはしばらく出ないと思うし……風車の国クシャスラの有名どころ、案内するよ」

「いいのか？」

「うん。新しいお友達に、クシャスラを楽しんでほしいからね」

「……じゃあ、お言葉に甘えて。レクス、いいですよね」

「ああ。ぜひ頼む。あ、そういえば紹介していなかった。リリカ、俺の相棒を紹介するよ」

右手の紋章からムサシを召喚、リリカに見せる。

「わあ、かわいい～……レクスの獣魔？」

「ああ。ムサシっていう……ん？　おいムサシ、どうした？」

『…………』

ムサシは身体を丸め、なぜか震えていた。

16　風車の国クシャスラ

馬車は順調に進み、ようやく見えてきた。

風はやや強いが、天気はいい。

馬車から身を乗り出したリリカが指を差す。

「レクス、エルサ、あれを見て!!　あれがクシャスラ王国の名物、大風車だよ!!」

「「おお～……!!」」

馬車から見えたのは、巨大な風車だった。

遠目でもわかる。あり得ないくらいデカい風車が回っている。

声も出せずに眺めていると、リリカが胸を張って言う。

「風車の国クシャスラは、見ての通り『段差』の地形に作られた国なの」

確かに、段々畑みたいな地形だ。棚田って言えばいいのか？

段差の一番上にあるのが王城で、驚いたことに、大風車は王城に直接くっついて回っている。

段差ごとに大小さまざまな風車が回っていて、壮大な光景に目が奪われる。

「すごい光景だ……!!」

「そうでしょ？　観光客はみんな、この街道でクシャスラの光景に釘付けになるから、『釘付け街道』なんて言われてるくらいなのよ」

「確かに納得ですね……」

周囲には風車塔がいくつもあり、風の力で風車がよく回っている。

風車の周りには麦畑……そういや風車って粉挽《こなひ》きとかのために回ってるんだっけ。王城にある風車も粉挽き……じゃあなさそうだけど、なんだろうか？

「なあリリカ、風車ってなんのために回ってるんだ？　粉挽きか？」

「お、知ってるね。周りにある風車は粉挽きがメインだけど、城壁の内側にある大風車は、国の象徴よ。風車の国、風の国、風が吹くから風車が回る。風車が回るからここはクシャスラ……ってわけ」

「へえ……なんか、神秘的だな」

「ふふ、ありがと」

なぜかお礼を言われた。なんでだろうか？

「あたし、この国が好きだからさ……喜んでもらえると嬉しいよ!!」

「ははは、この光景を見られただけで、リューグベルン帝国を出てよかったって思えるよ。な、エルサ」

「はい。世界って広いなー……って思いました」

「なにそれ、あはは」

風車の光景に感動していると、馬車が正門に到着した。

騎士団の馬車なので検問を素通り……そしてそのまま馬車が城下町を進む。

「なあ、どこまで行くんだ？」

「ごめん。城下町にある騎士団の詰所まで行くね。そこでお礼をするから」

馬車は城下町を進み、大きな白い建物の前で停車した。

建物には、交差した剣と風車のマークが付いている。リリカの鎧にも付いているので、これがクシャスラ騎士団のマークなのだろう。

馬車から降りると、青い髪にピアスをしたイケメンが出迎えてくれた。

「ようリリカ。怪我がなさそうで安心したぜ」

「グレイズ隊長……!!」

「……スミスとヘドのことは聞いた。すまなかった……中隊を分けることさえしなければ、こんなことには」

「違います。隊長の判断は間違っていません!!　すべては、あたしたちが未熟だったから……」

リリカと隊長さんのやり取りを聞いていると、隊長さんが俺たちを見た。

「そちらは、リリカを助けてくれた冒険者さんたちだな？　初めまして。オレはクシャスラ騎士団第二中隊長グレイズだ。リリカを救ってくれたこと、感謝する」

「いえ。俺たちも力が足りず……もう少し急いでいれば、団員さんを救えたかも」

「……その言葉だけで嬉しいよ」

グレイズさんは指輪のアイテムボックスから大きな包みを出すと、俺に渡してきた……ってこれ、中身全部金貨じゃないか!!　とんでもない大金だぞ!?

「命の礼を金で済ますのは無粋《ぶすい》だが、受け取ってくれ」

「いやいや、こんな大金……」

「もらってくれ」

……これ以上は拒否できなかった。

俺とエルサがこの金をもらうことで、リリカを救ったことに対しての礼になる。

エルサも、それ以上は拒否しなかった。

「わかりました。もらいます」

「ああ。……リリカ、お前には十日間の休養を言い渡す。十日間きっちり休んで、十日後にはいつものお前で戻ってこい」

「……はい!!」

「では勇敢なる冒険者たち、これで失礼する」

グレイズさんは騎士の敬礼をして、部下と去っていった。

別の馬車が到着すると、そこから布に包まれた二つの遺体が運び出される。リリカはそれを見て口元を歪《ゆが》め、涙を堪えながら敬礼をしていた。

詳しくは聞いていないけど……きっと大事な仲間だったのだろう。

しばらくそのまま俺たちも遺体を見送っていると、目元を拭ったリリカが言う。

「さて、あたしは十日間の休養になったから、あなたたち二人を案内できるよ!!」

「リリカさん……その」

「あー、俺ちょっと疲れたし、案内はまだ大丈夫だ。リリカ、お前も少し休めよ」

「……レクス。うん、そうする。宿はどうする？」

「城下町の中心に行けば、そこそこいい宿あるだろ？」

「うん。おススメは、『風車亭』って宿かな。料理はおいしいし、部屋にお風呂も付いてるんだよ。値段も手頃だし人気あるところ。今は風が強くて観光客も少ないから、いい部屋に泊れると思う」

「よし、じゃあそこにするか」

「そうですね。じゃあリリカさん、また」

「うん。休んだら会いに行くね‼」

リリカは手を振って走り去った……空元気《から》っぽいし、まだ無理しない方がいいだろうな。

「レクス、ありがとう」

「え？」

「リリカさんに気を遣ったんですよね」

「まあ、仲間が死んだばかりだしな……空元気《から》もけっこう疲れるだろ。一人になって大泣きするくらいの時間は必要だと思う」

「……はい」

俺とエルサは、しばらくそのままリリカの走り去った方を眺めていた。

◇◇◇◇◇

さて、宿の確保だ。

リリカのアドバイスで聞いた風車亭に徒歩で向かう。

騎士団の詰所は正門の傍だから、町の中心まではそこそこ歩くことになる。

風も強い……でも住人たちは慣れているのか、普通に歩いている。

「わあ……レクス、見てください。あそこにも風車が」

「ほんとだ。小さいけど……お、あそこにも」

城下町には、風車がいっぱいあった。

街灯にはすべて小さな風車が付いていて、住居にもいろいろな形の風車がある。風も強いし、ほとんどすべての風車がクルクル回転していた。

城下町の中心に到着。やはり冒険者ギルド、大手の武器防具屋、道具屋などの主要設備が揃っている。

高級そうな宿もいくつか並んでいるが……あったあった。

「レクス、あそこですね」

「ああ。風車亭……すごいな、風車塔みたいな宿だ」

大きな風車がくっついた宿屋だ。

中に入ると、円柱の空間で中央に螺旋《らせん》階段がある。

カウンターで二部屋確保すると、リリカの言った通りお客は少ないようだ。

いい部屋を二つ確保。室内を確認すると、小さいながらもお風呂が付いていた。まあ、ツボみたいな浴槽とシャワーだけだが、あるとないとでは話が違う。

それから再びエルサと合流。一階のロビーに下りた。

「時間は……夕方前か。夕食はどうする？」

「そうですね……外で食べるのもいいけど、今日は宿の食事にしましょうか。街は、リリカさんが案内してくれるみたいですし、せっかくなのでそれまでは少し休憩にしませんか？」

「いいね。同じこと考えていた」

宿屋の主人に夕食を頼み、そのまま地下の食堂で食事。

この日は部屋で過ごすことを決め、俺とエルサはそれぞれ自分の部屋に戻った。

部屋に戻るなり、俺はムサシを召喚。

テーブルの上にそっと置き、俺はムサシを撫でた。

「なあムサシ。体調悪いのか？　ずっと大人しいけど……」

『……きゅう』

どうも、ウィンドワーウルフとの戦闘後からムサシの調子が悪い。

右手の紋章から出ようとせず、召喚しても丸まったまま動かない。

「ドラゴンが病気になるなんて聞いたことないけど……」

『……きゅー』

「何かあったらすぐ言えよ。お前が元気ないと、俺もつらいんだ」

『……』

ムサシを紋章に戻し、俺はベッドにダイブする。

とりあえず……ようやくリューグベルン帝国を脱して、風車の国クシャスラに入った。

ムサシの不調は気になるけど、まずはこの国を楽しむとしよう。

17　リリカの案内

翌日。

宿の一階でエルサと朝食を食べていると、話題はムサシの不調に。

「ムサシくん、元気ないんですか？」

「ああ。昨日も紋章から出てこない。体調不良……でも、神様から授かるドラゴンには、病気なんてないはずなんだけどなあ」

戦いで傷つくことはあっても、魔力で修復できる。

紋章に入れて魔力を与えれば、どんな怪我でも治る。ドラゴンと契約者は一心同体……俺が死ぬ時がムサシの死ぬ時であり、ムサシが死ぬ時が俺の死ぬ時だ。

その理論なら、ムサシが不調なら俺も不調のはずなんだが……すでに焼きたてのパンを三枚目だし、ベーコンと卵の炒め物も美味いし、野菜スープもすごくおいしく感じている。

「不調以外の何かかな……わからん。まあ、しばらく様子を見るよ」

「レクス、無茶しないでくださいね」

「ああ。それと、今日はどうする？」

「そうですね。お天気はいいみたいですけど、宿の人曰く、いつ天気が崩れるかわからないから、あまり外出はおススメしないそうです」

「そっか。うーん……部屋で読書でもするか」

「わたしは、お風呂に入ろうかな……浴槽って久しぶりですし、実家にいた時はお風呂で読書とかもしました」

その気持ちわかる……前世では、お風呂は楽しみの一つだった。

病気であまり長湯はできなかったが、身体が火照《ほて》るのと汗が流れる心地よさは忘れられない。

クシャスラ騎士団に送ってもらったから買い出しとかも必要ないし、今日は自由で……。

「おはようございまーす!!　あ、いたいた。レクスにエルサ!!」

「びっくりした……リ、リリカ？」

普段着のリリカが宿に入ってきた。

カウンターの主人もリリカを一瞥《いちべつ》して、すぐに新聞を読み始める……どうやら顔見知りのようだ。

「今日は風も緩いしお出かけ日和だよ!!　約束通り、町の案内してあげるね!!」

「い、いいのか？」

「うん。団員たちも、いつまで落ち込んでるあたしを見たくないだろうしね。昨日いっぱい泣いたしもう大丈夫!!」

リリカは笑っていた。きっと、こっちが本来のリリカなんだろう。

今日は私服だ。シンプルな赤系のシャツにスカートを穿いて、長いブラウンの髪をツインテールにしているのが町村っぽくて似合っている。

俺はエルサを見た。

「エルサ、いいか？」

「はい。リリカさんが案内してくれるなら、ぜひお願いしたいです」

「お任せを。ささ、朝ご飯食べたら行こうか。クシャスラ城下町にも、見ておくべき名所はいっぱいあるよ!!」

こうしてリリカに急《せ》かされて朝飯を完食……すぐに出かけたのだった。


城下町を抜け、最初に向かったのは段々畑……ではなく、王城がよく見える公園だった。

「すっげえ……クシャスラで一番デカい風車が、こんな近くに」

見上げると、とんでもなくデカい風車が回っている。

王城のど真ん中に塔が立ち、そこに風車がくっついている仕様だ。まるで風車が初めから存在し、そこを囲うように王城を建てたような感じだ。

首を傾けないと見えないせいで、ずっと首を曲げているのがつらい。

「すごいでしょ。クシャスラ名物、大風車……あの風車のすごいところはね、いつ、誰が命じて作ったのか全くわからないんだって。あの風車があったから人々は村を作り、それが街になって、風車塔を囲うように王城を作ったんだってさ」

「そうなんですね。最初からあった風車……どういう歴史があるんでしょうか？」

「さあー、お城に勤めてる歴史研究家とかもいろいろ文献探してるみたいだけど、何もわかんないみたい。あの風車の材質も不明らしいよ」

驚くことばかりだな。

目算だが……大きさは、直径百……いや、もっとありそうだ。人の手で作れるレベルじゃない。

あんな大きな風車を作っても自重で自壊しそうだ。

まるで魔法みたいな風車……面白いな。

しばし大風車を見ていると、風が強くなってきた。

「風強いな……リリカ、風車は大丈夫なのか？」

あんなデカい風車、風で壊れたら真下にある王城はとんでもない被害になるぞ。

するとリリカは首を横に振る。

「大丈夫。サルワの『魔風《まふう》』が直撃しても、風車塔はノーダメージだったの。さっすがクシャスラの象徴だねっ!!」

そりゃすごい。

他の風車は勢いよく回転している。中には強風対策なのか、風車が付いていない風車塔もあった。

そのまま大風車を眺めていると、リリカが言う。

「じゃあ次はこっち。クシャスラを見下ろせる高台に行こう!!」

「ふふ。リリカさんの案内、すごく楽しいです」

「喜んでもらえて嬉しいよっ!! ほらエルサ、行くよっ!!」

「きゃっ！」

リリカはエルサの手を掴んで走りだした。

女の子同士、仲良きことはいいことかな。

「レクス、早くっ!!」

「お、おお」

眺めてウンウン頷いていたら怒られてしまった……俺も急いで行くか。


リリカおススメの高台は、回転する風車をバックに城下町を眺めるという、世界遺産に認定されてもおかしくない光景だった。

世界遺産……入院中、世界遺産や風景の本を見ては、いつか自分も行く……なんて考えていた。

地球では叶わなかった願いだが、異世界で世界遺産に匹敵する光景を眺めることができた。

「…………」

「レクス？」

「あ……ん、どうした？」

「いえ、その……大丈夫ですか？」

エルサが心配し、ハンカチを差し出してきた。

意味がわからなかったが……自分が涙を流しているのに気づき、慌てて袖で拭った。

「レクス、そこまで感動してくれたんだね……あたし、本当に嬉しいよ‼」

「あ、ああ。美しい景色ってのは、心に響くよ」

景色を見て涙を流すなんて……漫画の世界だけかと思っていたが、本当に泣いてしまった。

うーん、女の子の前で泣くなんてカッコ悪い。

しばらく景色を眺めていると、俺の腹が鳴る。

「そろそろお昼だね。よし、あたしおススメのお鍋の店に行く？」

「行きます‼」

「うおっ」

辛い物好きのエルサ、今日一番の興奮だった。

◇◇◇◇◇◇

向かったのは『風車鍋』という鍋屋。店内は空いていて、席に座るなり、リリカが「奢るから好きなの食べて！」とメニューを差し出した。

俺は山の幸《さち》鍋、エルサは激辛鍋を注文。リリカはミルク鍋という白いスープの鍋を注文。

それぞれ一人前で量はちょうどいい。だが、エルサの真っ赤な鍋を見て俺は目を逸らした。

「おお、山菜鍋美味い。塩味が利いてるなあ」

「ミルク鍋もおいしいよ!!　まろやかでふわっとするの」

「ん～辛い!!　最高です～!!」

エルサ、すげえな……汗一つ流さずに真っ赤なスープを飲んでるし。

食事をしながら、俺はリリカに聞いた。

「なあ、やっぱり人は少ない感じか？　城下町も出歩いてる人あまりいないし……」

「うん……今日は運がいいよ。風も弱いし、天気もいい。でも……あと数日もしないうちに、またサルワがやってくる。そうなったら、また数日は大嵐みたいな天気になるし、郊外の魔獣も活発化する」

「そ、そうなのか？　でもお前、休みだよな」

「十日の休みだけど、魔獣が出たら行くよ。あたしはクシャスラ騎士だからね」

リリカは、強い眼差しをしていた。

そして、俺とエルサに言う。

「あの……二人はしばらく滞在するんだよね？　もしよかったら……冒険者ギルドで討伐依頼を受けてくれないかな」

「討伐依頼？」

「うん。実は、騎士団だけじゃ活発化した魔獣を完全に止めることはできなくて……冒険者ギルドでも臨時の依頼が出ているの。でも、常駐の冒険者たちだけじゃ対処しきれなくて」

「それなら、俺とエルサも協力する。まあ、あまり高レートの魔獣は倒せないけどな。路銀も稼げるし」

「そうですね。それに戦闘経験も積めますしね」

おお、エルサがそういうことを言うとは意外だった。

リリカも頷く。

「サルワ……巣は突き止めているから、いずれ騎士団の総攻撃で倒す。その時は、冒険者ギルドにも依頼をすると思う」

「冒険者ギルドに？」

「うん。サルワの巣の周りには、多くの魔獣が集まっているみたいだから……今は、活発化した魔獣と巣の周辺にいる魔獣を倒している最中なんだ」

そう言い、リリカがグラスの水を取ろうとした時だった。

『グオオオオオオオオ――……!!』

とんでもない咆哮が響き、建物が振動した。

「な、なんだ!?」

「きゃあっ!?」

いきなりで驚いた。

食べ終わった鍋が床に落ちて割れる。

だが、リリカは気にせず立ち上がった。

「嘘……は、早すぎる!!」

「お、おい、リリカ!!」

リリカは飛び上がった。そして店のドアを思い切り開ける。

俺とエルサもあとに続き、外に出ると……空が真っ黒に染まっていた。

「な……なん、だ」

「レクス。これ……く、雲です」

「『魔雲《まぐも》』……サルワが羽ばたくと、黒い雲が現れるの。これはサルワの兆候だよ!!」

リリカが叫ぶと、雲が激しく動き、巨大な何かが上空から飛んできた。

雲の遥《はる》か上からダイブするように落ち、そのまま城下町を旋回……そして台風のような暴風が周囲に巻き起こった。

「うおぉぉぉぉ!?」

「二人とも伏せて!!　早く!!」

俺はエルサの頭を押さえて地面に伏せると、その上からリリカが覆いかぶさった。

そして、とんでもない風……暴風どころじゃない、アメリカとかで発生するハリケーンのような、そんな竜巻が周囲にいくつも現れたのが見えた。

竜巻が城下町を襲う。だが、城下町の建物はかなり頑丈なようでなんとか持っている。でも植木鉢や樽など、固定されていない物は竜巻で巻き上がった。

「くっ……サルワ」

「——えっ!?」

そして、俺は見た。

それは濃い緑色の鱗を持つ『豚』のような生物だった。

羽が生えて、長い尾が……いや待て、嘘だろ。

「じょ、冗談だろ……」

「動かないで!!　もうすぐ去るから、そのまま……!!」

それから三分ほど経過すると、サルワは城下町の上空から消えた。

漆黒の雲と、暴風を残しながら。

多少はましになった暴風。だが台風のような風が町に吹き荒れ、リリカは俺とエルサを鍋屋の中に引きずり込み、ドアを閉めて鍵をかけた。

「はぁ、はぁ……くそ、早すぎる!!　予測ではまだ三日くらいは余裕あったのに!!」

「リリカ、あれがサルワで間違いないんだな？」

「え？　ええ、そうだけど……」

「違う」

俺は確信していた。

その証拠に……俺の右手の紋章が痛いくらい反応している。

「あれは魔獣じゃない」

「レ、レクス？」

知ってたんだ。

ムサシは調子が悪かったんじゃない……怯えていたんだ。

俺は断言する。

「あれは『魔竜《まりゅう》』……竜滅士を失ったドラゴン。契約者である人間を喰らい、知性を手にしたドラゴンだ」

18 魔竜

サルワが去って数時間……クシャスラ本国は暴風雨に見舞われた。

黒い雲から降る雨は黒い。俺には理解できないが、身体にいいということはないだろう。

俺たちは鍋屋から動けずにいた。

「魔雲は、数時間もすれば消えるよ。でも……風は空に残って、しばらく暴風となるの」

「風車は、大丈夫でしょうか……」

「大風車は大丈夫だと思う。でも、他の風車はわからない……前もいくつか壊されたから」

「直接的な被害はないのか？　あれだけの巨体だし、風車塔に体当たりとかされたら」

「そういうのはまだない。でも……いずれは、って騎士団は考えている」

少し話をして無言になる俺たち。

そして、リリカが言う。

「で、レクス。そろそろ教えてくれるよね……サルワのこと、心当たりあるんでしょ？」

「…………」

確かにある。

というか、間違いないと思う。

「何か知ってるなら教えて。お願い」

「……わかった」

リリカは鍋屋の女将さんに「個室貸して」と交渉。

個室を借りてリリカとエルサと一緒に中に入り、俺は右手の紋章からムサシを召喚。

ムサシは相変わらず丸くなっていた。

「まず、サルワ……あれが空を飛ぶようになったのは、竜滅士が行方不明になってからだよな？」

「え、ええ。そうだけど……竜滅士っていう脅威が消えて、空を飛ぶことができるようになったって」

「たぶん違う。サルワは恐らく竜滅士に倒されている」

リリカは驚いた。

「さっき上空を飛んでいたのは、間違いなくドラゴンだった。恐らく羽翼種……」

「ま、待ってよ。ドラゴンって……なんでドラゴンが？　それに、サルワはどうなったの？」

「行方不明になった竜滅士は、恐らくドラゴンに食われたんだ。なんらかの理由でドラゴンとの契約が破棄されて、理性を失ったドラゴンに食われたんだよ。たぶん……サルワがそれほど強かったのか、限界以上にドラゴンの力を引き出して暴走したのか……」

なんとなく、俺は後者の気がした。

誇り高き竜滅士……自分の命を犠牲にしても、使命を果たすとか。俺には理解できない感情だが、父上はたびたび国のためにになら死ねると言っていた。

「竜滅士は無敵のジョブって思われているけど、そう万能じゃない。ドラゴンとの間には『契約』があって、魔力を餌に共生を約束する。魔力が切れた状態でドラゴンを使役し続けると、契約が崩れてドラゴンが暴走するんだ。そして、ドラゴンは契約者を殺して暴走する……さらに暴走したドラゴンは、契約者から『知性』を得る。さらにさらに、暴走したドラゴンはリミッターが外れて、常に『進化』を続けるんだ。リミッターの外れたドラゴン……恐らくサルワを吸収し、仲間の竜滅士とドラゴンも喰らって、あんな姿になったんだろうな。ちなみに暴走したドラゴンを魔竜って言い、魔獣に分類される」

ここまで説明し、俺は水を飲んだ。

一気にしゃべりすぎた……するとリリカが言った。

「じゃああれは、竜滅士とドラゴンとサルワの……」

「成れの果て、だろうな。風属性の魔竜……魔風竜ってところか。知性を得たはいいが何をすればいいのかわからず、同胞やサルワを吸収してバケモノみたいな姿になった。今はもう、ただ飛ぶことと、風を生み出すことしかできない憐れな怪物になったんだろう……可哀想に」

生まれたての赤ちゃんがいきなり大学教授レベルの知性を手に入れたらどうなるか？　言葉もろくに話せないまま、大学教授の知識がそのままインストールされる……まともに動くはずがない。

電卓にパソコンのCPUを移植したらどうなるか？　動くわけないし、あり得ない。

今のサルワは、まさにそんな状態だ。

「恐らくサルワは寿命が尽きるまであのままだ。今回、予想より早く現れたのは……サルワが進化して魔力の残量が増えたからだろう。死ぬまで進化を続ければ、常にクシャスラの上空を旋回するようになるかもしれない……」

「サルワが消えては現れるのって……魔力が尽きて疲れたから？」

「たぶんな。この世に存在する力はだいたいが魔力を使って起こせるからな。あの魔雲も、風も、サルワの魔力で作られた力だろう。今は魔力が尽きて、もともとの巣穴で休んでるかも」

「あの、レクス……サルワが進化に適応する可能性はあるんですか？」

「ない」

俺は断言する。

そもそも、手のひらサイズの電卓は計算機能しかないのに、パソコンのCPUとかハードディスクとかくっつけても、パソコンの代わりになるわけがない。電卓の表示板だって数字しか映せないのに、インターネットのカラフルな画面とか映るわけないし。

「あんなめちゃくちゃな進化をしたドラゴンは死ぬまで暴走して終わりだ。過去、似たような暴走は何度か起きたらしいけど……大抵が死ぬまで暴走するか、他の竜滅士に討伐される。ドラゴンを暴走させるのは竜滅士にとって最大の恥であり、罪なんだ……」

ここまで説明し、俺たちは黙り込む。

リリカが、頭を押さえて言う。

「まとめると……あれは竜滅士のドラゴンで、竜滅士はサルワを倒すために限界までドラゴンを行使して暴走させた。サルワは倒したけどドラゴンは暴走し、竜滅士とサルワと仲間のドラゴンを捕食して魔竜になり、適応のできない進化をして、ただ魔力が尽きるまで暴れ回る魔獣になった……ってこと？」

「わかりやすくて助かるよ」

ちなみに、これらの知識は全部、兄上から教わったことだ。

魔竜最大の特徴は目。瞳が黄金に輝く。

そして魔竜討伐後、暴走したドラゴンの黄金に輝く目は、『竜魔玉眼《りゅうまぎょくがん》』というリューグベルン帝国の至宝になる……その目をドラゴンに食わせることで、ドラゴンを進化させることができるという。

これは国家機密。知っているのはドラグネイズ公爵本家の人間と六滅竜だけ……俺は兄上からこっそり聞いたが、サルワの瞳は眩い輝きの黄金だった。

「レクス。あなた……どうしてそんなに詳しいの？」

リリカがツッコむのも当然だろう。

さすがに、もう誤魔化せないな。

「それは、俺が竜滅士……リューグベルン帝国、ドラグネイズ公爵家の人間だからだ」

「えっ⁉」

「まあ、今はもう違う。公爵家の人間なのに、授かったドラゴンがこんな……チビ助じゃな、期待を裏切った俺は実家から出て、エルサと世界を旅しているんだ」

「……レクスが、あのドラグネイズ公爵家の⁉」

「リリカ、内緒にしてくれ……俺がここにいること、ドラグネイズ公爵家には知られたくない」

「う、うん……し、信じるよ。でも……今の話、騎士団にしなくちゃいけないけど」

「……してもいいけど、情報の発信源については言わないでくれ」

「……それ、かなり厳しいけど」

「頼む」

「……わかったよ」

ずっとしゃべりっぱなしでとにかく疲れた。

リリカは丸くなっているムサシを軽く指で撫でる。

「ドラゴン、かあ……この話、支援に来る竜滅士にしたら驚くかな」

「たぶん……まあ、警戒されるかも」

「あ、でも……実はさ、レクスたちを観光に誘う前、騎士団の詰所に挨拶してから来たんだけど……リューグベルン帝国から来る支援の竜滅士、ドラグネイズ公爵家の新人を含めた部隊って話だよ」

「え？」

ドラグネイズ公爵家の新人。

ま、まさか……アミュアにシャルネじゃないだろうな。

うう、嫌な予感……顔合わせは絶対に避けないと。

◇◇◇◇◇

これからどうする？

話が一段落し、外を見ると……風がやや収まっていた。

だが、空には相変わらず不気味な黒い雲があり、雨も少しパラついている。

風もやや収まったと言ったけど……それでも台風くらいの風だ。なんだか感覚がマヒしそうだ。

今更気づいたが、風対策なのか、窓には鉄格子みたいなものが付いている。この国ではこれが普通らしい。

「レクス、これからどうします？」

俺は怯えているムサシを紋章にそっと戻し、エルサの方を見る。

「とりあえず、雨が収まったら宿に戻ろう」

「はい。そうしましょう」

「なんか、観光どころじゃないな」

そう言うと、エルサは苦笑……リリカは申し訳なさそうだった。

「ごめんね。せっかく来てくれたのに……でも、サルワの正体もわかったし、明日にでも騎士団に報告するよ。もちろんレクスのことは伏せるから」

「ああ、そうしてくれ。それと……リューグベルン帝国からの応援って、いつ来るんだ？」

「依頼は随分前に出したし、いつ来てもおかしくないけど……」

「…………」

うーん……アミュアやシャルネは来るのかな。

ある意味、ちゃんと別れを言う機会ではあるけど。

「よし、今日は帰ろっか。あ、雨降ってるから濡れない方がいいよ。健康被害とかは出てないけど……この魔雲の雨、気持ち悪いし」

俺たちは外に出る。

やっぱり雨が降っている。意外なことだが、この世界に傘ってないんだよな。

あれ……これ、傘を開発すれば一儲けできるんじゃ。

「あ、リリカさん。ちょっと待ってください」

「ん？　って……おおっ!!」

エルサが杖を出してリリカに向けて振ると……なんと、リリカの頭上に水で作った傘が現れた。

リリカが歩くと追従してくる。どういう仕組みなんだろう？

「十分くらいなら持つので、それで帰ってください」

「ありがと～‼　さっすが魔法師‼　じゃ、またね‼」

リリカは走って帰った。

そしてエルサは俺と自分用に同じ『水傘』を作る。

すごいな、雨を完全に弾いている……やっぱ傘で儲ける計画はあとにするか。

「じゃあ、帰るか」

「はい」

俺とエルサは、会話することもなく宿へ戻ったのだった。

◇◇◇◇◇

翌日。

俺とエルサは朝食後、冒険者ギルドに向かうことにした。

宿から出ると、黒い雲はあったが雨は降っていない。

風車は勢いよく回転している……脱穀するにはいい風だが、個人的には穏やかな風の中、ゆっくりと回る風車を眺めたいもんだ。

「風、強いですね……」

「ああ……」

サルワが上空で暴れた影響なのか、城下町の店は閉まっているところが多い。

冒険者ギルドに行くと……ラッシュ時間を過ぎているのに、多くの冒険者で賑わっていた。

「すごいな……」

「あ、見てください。依頼掲示板……朝のラッシュが終わってるのに、すごい数の依頼です」

掲示板を見ると、ほとんどが討伐依頼だ。

クシャスラ本国からはもちろん、周辺にある村や町からの依頼も多い。

エルサは読み上げる。

「ウィンドワーウルフ討伐、エアロスネイク討伐、ウィンドワータイガー討伐……すごいです。どの魔獣も、クシャスラ地域の固有種ですね」

「昨日話した、サルワの影響だろうな」

「とりあえず……わたしたちが受けられる依頼を見つけましょう」

ちなみにウィンドワーウルフは討伐レートD＋だった。俺たちでは厳しい相手だった……よく四体も同時に相手できたな。

とりあえず、ウィンドコボルト討伐の依頼書を手に取る。

カウンターに持っていくと、受付のお姉さんが言う。

「えっと、お一つだけですか？」

「「？」」

「あ、失礼しました。あのですね、見ての通り依頼の数が多くて……クシャスラ冒険者ギルドは、特例で依頼の掛け持ちを許可しています」

つまり、複数の依頼を受けろってことか。

俺たちはF級だから、E級までの依頼を受けられる。

ついでに、ウィンドゴブリンとエアバードの討伐依頼も受けた。

「あ、そうだ。ついでにパーティー登録もするか」

俺とエルサはパーティー登録。これで依頼の経験値も均等に入る。


さっそく、エルサと二人でギルドの外へ出ると……。

「あ、レクス。あれ……」

「クシャスラ騎士団か。リリカもいるぞ」

騎士団が揃っていた。

数は五十名くらいだろうか。隊長のグレイズさんを先頭に並んで歩いている。

リリカが俺とエルサに気づいたので、二人で軽く手を振る……リリカは少しだけ微笑んで頷いた。

「これより、クシャスラ騎士団第二中隊は、東に発生した魔獣を退治する。いいか、決して無理はするな。今回は小隊の数を減らし、一つの隊の人数を増やし対応する」

「「「「了解‼」」」」

ビシッと敬礼……正直、カッコいい。

ずっと見ていたいが、エルサに袖を引かれたのでその場を離れた。

◇◇◇◇◇◇

「おりゃっ‼」

俺は双剣を振るい、ウィンドゴブリンを両断。

剣を投げ、アイテムボックスから槌を取り出し、横回転しながら接近していたゴブリンの頭を叩き潰した。

そしてゴブリンの棍棒を躱《かわ》したエルサが、詠唱しながら杖をゴブリンに向ける。

「『アクアエッジ』‼」

水の刃が飛び、ゴブリンが上半身と下半身に分かれ、臓物を撒き散らしながら吹っ飛んだ。

周囲の敵が全滅……俺とエルサは周囲を警戒し、魔獣の気配がないことを確認。

俺はアイテムボックスから水のボトルを出し、剣と槌を清める。

「ゴブリンやコボルトなら、特に苦戦することもなくなったな」

「はい。わたしでも攻撃を回避できます」

「ってかエルサ、思った以上に身軽で驚いた。格闘術とか習ってた？」

「いえ、普通に見えるし、動けますけど」

動体視力もいいし、動きがしなやかだ。魔法師より格闘家の方が合ってたりして。

「とりあえず、受けた依頼は終わったな」

「はい。予定数をかなり超えちゃいましたね……魔獣が増えているって実感します」

「だな。よし……」

魔獣討伐の証として、ゴブリンの指先を回収する。

これ、気持ち悪いし嫌だけど……やらないとダメなんだよな。倒した魔獣の一部を討伐の証とするって決まりだから仕方ないが。

回収を終え、アイテムボックスに入れておく。

ついでに、右手の紋章の中にいるムサシを召喚した。

「ムサシ……まだ怖いか？」

『きゅう……』

ムサシは弱々しく鳴き、俺の手の上で丸くなる。

エルサもムサシを撫でるが、完全に心が折れてしまったようだ。

もともと戦力とは思っていなかったが……ムサシが元気ないと、せっかくの異国も楽しめない。

俺はもう一度撫で、ムサシを紋章に収納する。

「騎士団には頑張ってもらって、早くサルワを討伐してもらいたいもんだ」

「……あの、レクス」

「ん？」

「サルワの討伐ですけど……わたしたちも協力しませんか？」

「そりゃもちろんするさ。でも、俺たちはまだF級冒険者だし、騎士団のサポートくらいしかできないけどな」

異世界転生の主人公とかなら、ソロで巣に乗り込んでチート魔法で片付けて、「もう倒したけど……」とか言って周りを驚愕させるんだろうな。

でも、俺にそんなことはできない。「また俺なんかやっちゃいました？」みたいなことはしたくない。ああいう無自覚な無双は正直好きじゃないのだ。

だから、自分にできる範囲で精一杯やる。

「よし。そろそろ帰るか……風がまた強くなってきた」

「はい。お鍋屋さん、営業してるといいな……」

俺とエルサは、クシャスラ王国に早足で戻るのだった。

◇◇◇◇◇◇

クシャスラ王国に到着。

黒い魔雲は少し晴れたのか、日が差し込んでいる場所がいくつかあった。でも……恐らくまた数日後にはサルワが襲来する可能性が高い。

正門前で、俺は大風車を眺める。

「レクス、どうしました？」

「いや……あの大風車がもっと穏やかに、光を浴びて回るところが見たいなーって」

「……そうですね」

エルサも大風車を見上げる……やっぱり、強風で煽《あお》られるように回転する風車は見てて怖い。

そう思って眺めている時だった。

「大風車を見て、何を思う？」

背後から声をかけられて振り返ると……そこにいたのは女性騎士だった。

後ろにはリリカ、そしてグレイズさん。

リリカが申し訳なさそうにしている。

「リリカから聞いた。レクスくん……貴重な情報をありがとう」

「え、あ……いや」

「ああ、初めましてかな。私はクシャスラ王国騎士団団長、サビューレだ」

薄い緑色の鎧、長くゆったりした緑髪をなびかせた二十代後半くらいの女性騎士は、俺に向かって手を差し出す。

団長……まさかのまさか。騎士団のトップが俺に手を差し出していた。

19　騎士団団長サビューレ

綺麗な女性だった。

薄い緑色の鎧、腰には剣、長くゆったりしたエメラルドグリーンの髪。

年齢は二十代後半くらいだろうか……大人のお姉さんって感じがする。

クシャスラ王国騎士団団長サビューレ。そう名乗り、俺に手を差し出した。

とりあえず……差し出された手を握る。

「リリカから聞いた。貴重な情報を感謝する」

「……いえ」

「ああ、リリカを責めないでやってくれ。彼女は最後まで、情報源を明かそうとしなかった。だが……悪いが、私たちも必死なのでね」

「……何をしたんですか」

つい、攻撃的な口調になってしまう。

サビューレさんは苦笑し、俺に一礼する。

「きみが想像するようなことではない。誠心誠意、お願いしただけさ」

「…………」

ああー……そういうことね。

一騎士であるリリカが、こんな風に団長様に頭下げられて、言わないわけにはいかなかったんだろう。まあ……バレるのは嫌だなーくらいにしか考えてなかったし、別にいいけど。

でも、これだけは言うか。

「あの、俺の素性に関して詮索するのはやめてください」

「もちろん。私は、純粋に感謝をしているだけだ。そしてできることなら、竜滅士であるきみにサルワ討伐に協力してほしい」

「……それは厳しいです」

「なに？」

察してくれよ……そもそも竜滅士なら、こんな風に旅なんかしてない。

事情があるから素性隠していたって気づいてくれてもいいんだけど……もしかしてこの人、察し悪いのかな？

今も少し考え込んでいるし……すると、グレイズさんがため息を吐いた。

「すまんな。団長は祭しが悪くて……団長、竜滅士が身分を隠して旅をしてるなんて、事情があるに決まってるじゃないですか」

「……あ、そうか」

おい、マジで察し悪いだけかい。

なんか急激に親しみ湧いてきたかも。

すると、グレイズさんが言う。

「レクスくんだったかな？　きみが竜滅士であり、この状況を考えるとやむを得ない事情を抱えているとは思う。だが……国の一大事だ。どうか、きみが知っていることを改めて説明してほしい」

「……俺が知っているのは、リリカに話したことがすべてですけど」

「そうだな。だが……我々の疑問に対し、竜滅士の視点でわかることがあるかもしれない。どうか、協力してほしい」

グレイズさんが頭を下げると、リリカも頭を下げた。

サビューレ団長が二人を見て同じように頭を下げる。

「わ、わかりました。ここじゃ目立つし、場所を変えましょう」

「では、騎士団の詰所に向かおう。王城にも騎士団の施設はあるが……そこでは目立つ」

ありがたい申し出だ。

団長さんたちと一緒に行動すると目立つので、俺とエルサはギルドに依頼達成を報告してから向かうことにした。

◇◇◇◇◇

ギルドに報告し、報酬を三等分……一つは共用の財布に入れた。

そして、エルサと一緒に騎士団詰所へ。

詰所に向かうと、リリカが出迎えてくれた。

「レクス、エルサ……ごめんね」

「いいって。あんな風に頭下げられたら仕方ないって」

「……」

「リリカさん。落ち込まないでください」

「……うん。団長が待ってるから、案内するね」

詰所に入り、団長専用の部屋へ。

そこに行くと、グレイズさんとサビューレ団長がいた。

俺、エルサが入り、リリカも部屋に入ってドアを閉め、鍵をかける。

サビューレ団長が軽く咳払いをした。

「さっそくだが……レクスくん、いくつか質問をしたい」

「俺に答えられることなら」

団長、鎧を脱いだ姿だが……なんとまあ、立派な胸部だこと。

おっと。女性って視線に敏感らしいし、あまり見ないようにしなきゃ。

「きみのくれた情報だが、大いに感謝している」

「……あのー、疑わないんですか？　俺、リリカにはドラグネイズ公爵家って言っただけで、その証拠とか何も提示していないんですけど」

「ははは。一目見ればわかる。きみは、嘘をつく人間じゃないよ」

根拠ゼロ、印象論……なんか、不安だな。

でも、信じてくれるのは普通に嬉しい。

「まずレクスくん。なぜきみはドラグネイズ公爵家を出たのかね？」

俺は自分のことを話した。

ムサシのことで実家を失望させ追放されたこと。竜滅士とは関係なく、冒険者として世界中を旅すること、その途中でエルサと出会い、一緒に旅をしていることなどだ。

「なので、俺を竜滅士として戦力に数えないでください。あくまで、冒険者のレクスとして協力します」

「うむ。知識を提供してくれるだけでもありがたい……だがまさか、サルワを討伐しに向かった竜滅士が敗北し、暴走したドラゴンが新たなサルワとはな……」

「間違いないと思います。魔竜である証拠に、サルワの目が黄金に輝いていました」

「ふむ……」

サビューレ団長は考え込む。

すると、グレイズさんが言う。

「レクスくん。その魔竜だが……弱点はないのかね？」

「あることはありますけど、意味がないです」

「何？」

怪訝《けげん》な表情のグレイズさん。俺は続きを言う。

「弱点は『寿命』です。魔竜は、暴走し急激な進化を続けるドラゴンです。急激な進化は寿命を大幅に削りますので……恐らく、一年か二年ほどで死ぬと思います」

「い、一年……」

「ドラゴンの寿命は、人間に依存しますので……」

平均で八十年くらい。だが、魔竜となったドラゴンの寿命は、長くて一、二年だ。

それを聞き、サビューレ団長は首を傾げる。

「だが、一年も待てないな。魔竜サルワは今も進化を続けているのだろう？　一年後にはクシャスラ王国が更地《さらち》になっているかもしれん」

大いに同感だ。

俺は見たことないが、魔竜化したドラゴンが半年ほど姿をくらまし、半年ぶりに現れた姿は、最後に見た時の十倍以上で、甲殻種だったはずなのに翼が生え空を飛んでいたそうだ。普通、甲殻種は羽翼種と違って空を飛ぶことはできない。

サビューレ団長が言う。

「寿命で死ぬのは期待できんな……やはり、騎士団と応援の竜滅士で討伐すべきだ」

「あと弱点と言えば……心臓ですね」

「ふむ……やはり、急所か」

「ええ。サルワは羽翼種です。甲殻種と違い、防御力はそこまで高くないはず。でも……竜滅士と味方のドラゴンを取り込んでいるなら、進化して姿も変わっているかも」

「だが、今はそれしかないか」

サビューレ団長が立ち上がる……うお、胸がすごい揺れた。

「一つ、問題がある」

「問題ですか？」

いつの間にか、俺とサビューレ団長の会話になっていた。

「ああ。実は、リューグベルン帝国にクシャスラ王国の現状を伝え、永久《とこしえ》級の竜滅士の派遣が決まっているのだが……ここに来るのが二週間後になる」

「に、二週間って……遅い、遅すぎる」

「ああ。永久級《とこしえ》がリューグベルン帝国を離れるのに必要な手続きが終わらないそうだ」

「………」

アホすぎる……何してるんだ、リューグベルン帝国。

確かに、天級、天空級、彼方級《かなた》は世界各国に散らばってる。永久級《とこしえ》がリューグベルン帝国から離れるわけにいかないのはわかっているけど……今回はかなりヤバイ事態だ。そもそも、竜滅士が三人も食われて死んでるし、魔竜がどれだけヤバイかなんて言わずともわかっているはずなのに。

二週間……魔竜がどれだけ進化をするのか、わからない。

「最悪……竜滅士抜きで、騎士団と冒険者だけで戦うことになるだろう」

「何度も言いますけど……俺のドラゴンはアテにしないでくださいよ。追放される理由になるくらいだし、察してくださいね」

「う、む」

うわ、この人察してねえし。

グレイズさんが頭を押さえ「やれやれ」と首を振る。

「……レクスくん。一冒険者として協力してくれ。これまで戦ったサルワのデータを渡すから、きみなりに、竜滅士の視点で戦うならどうするかを考えてほしい」

「……わかりました。それくらいなら、役立てると思います」

「それと、エルサさん。不躾な質問だが、きみは魔法師だね？」

「はい。一級魔法師です」

するとサビューレ団長が驚く。

「一級魔法師⁉　それはすごいな‼　なぜきみのような優秀な魔法師が……」

「団長、察して察して」

「あ」

グレイズさんにまた怒られるサビューレ団長。

まあ、一級魔法師なんてどこでも引っ張りだこ。俺と旅してるのは理由あるからって察してほしいね。

サビューレ団長は咳払いした。

「こほん。二人とも……一冒険者として、協力を頼む。もちろん報酬は支払うからな‼」

こうして、俺とエルサはクシャスラ騎士団に協力することになった。

20　エルサの新装備

「喰らえっ‼」

俺は双銃を連射し、向かってくるゴブリンたちをハチの巣にする。

そしてエルサは、なんと回し蹴りでゴブリンをけん制し、さらに杖をロッドのように振りゴブリンを殴打……なんだか最近、エルサはよく前に出て戦っている。

サビューレ団長たちと話をしてから一週間……いまだに、リューグベルン帝国からの応援はない。

二週間ほどで応援に来るとは言ったらしいが、その間にもサルワが城下町上空を何度か飛んだ。

そしてついに、城下町にあった風車塔の一つを体当たりで破壊……被害が出てしまった。

俺とエルサは、冒険者として毎日討伐依頼を受けている。

おかげで、冒険者等級がE級に上がった。それに、弱い魔獣とはいえ何度も戦っているので、戦闘経験も積まれていく……自分で言うのもなんだが、双剣、双銃、ハンマーの切り替え、連携攻撃も様になってきた。

好きなゲームキャラみたいに三種を切り替えて戦うのは気持ちいい。最初は双剣、チェーンソーみたいな剣、大鎌とか考えたけど……なんか凶悪だったからやめた。

と、こんな感じで冒険者をやっている。

戦いが終わると、エルサが考え込んでいた。

「エルサ、どうした？」

俺は銃のマガジンを交換しながら言う。

けっこう撃ったが、弾数にはまだまだ余裕がある。マガジンが二百個くらいあるけど、さすがに作りすぎたかな。

　エルサは、自分の服装や杖を見て言った。

「その……わたし、魔法師は基本的に前衛の補助って習ったんですけど……その、なんと言いますか……わたし、もっと動けるし、戦える気がして」

「あー……確かにエルサ、前衛でもいけそうだよな。杖で殴るし、攻撃躱すし」

「はい。あの、見えるんです。飛んでくる矢とかも普通に躱せますし……」

　最近わかったことだが、エルサの動体視力は半端じゃなかった。

　飛んでくる矢を紙一重で躱したこともあるし、本来は俺が後衛の魔法師を守らなくちゃいけないんだが、接近されても動じずに攻撃を躱し、詠唱しながら近距離で魔法を叩き込んだこともある。

「何度か戦闘を経験して、自分の戦闘スタイルを見つけたのかもな」

「はい。わたし……接近戦もいけそうです。えへへ……学園に通っていたらわからなかったかも」

「あはは。よし、じゃあ依頼も終わったし、装備変えに行くか？」

「……え？」

「その服じゃ動きにくいだろ？　それに杖も、魔法を放つのと武器として使えるのとあった方がいいだろ」

「で、でも……お金」

「共用の財布から出せばいいさ。グレイズさんからもらった謝礼もあるし」

「……じゃあ、お言葉に甘えて」

「おいおい。甘えなくていいって。仲間の装備を整えるのは当然のことだしな」

というわけで……俺とエルサは武器、防具屋へ向かうのだった。

◇◇◇◇◇

やってきました武器屋さん。

この世界の武器屋に共通しているのは『店員がやたらフレンドリー』なところだ。

「あの、すみません……魔法師なんですけど、近接戦闘用の杖とかありますか？　属性は水で、等級は一級なんですけど……」

「はい!!　もちろんございます。当店はあらゆるニーズに対応した武器を揃えております。地水炎風雷氷、どのような属性にも対応する武器がございますのでご安心を!!　気に入った物がなければオーダーメイドも賜っておりますのでお気軽にお声がけください!!」

店員のお姉さん、勢いがよすぎる。

エルサは困ったように微笑みながらも相談し、そのまま店の奥へ。

俺も一人、店内をブラついている……うん、やっぱ剣はカッコいいな。

待つこと十五分。エルサが戻ってきた。

「レクス。お待たせしました」

「ああ、決めたのか？」

「はい。戦闘用のロッドと、蹴り用のレガースを買いました」

「け、蹴り？」

「はい。魔法で身体強化すれば、けん制の攻撃くらいはできるかなと思って」

そういや、ゴブリンを蹴ってたよな。

それから、エルサ用に調整したロッドを店員さんが持ってきた。

今までのは木の杖に宝石みたいなのがくっついていたが、新しいのは鉄製で、先端が丸くなっている。そこに水色の宝石が埋め込まれていた。

エルサはロッドを手に軽く振る。

「思ったより軽いですね……」

「ミスリル製ですので頑丈です。殴ったくらいじゃ壊れませんので!!」

「ありがとうございます。気に入りました!!」

「はい。こちら、グリーブもどうぞ。となると……今の服装では少し動きにくいですかね。このまま防具屋に行くのでしたら、ご紹介することもできますが」

「あ、じゃあお願いします」

「はーいわかりました。新規お客様ご案内でーす!!」

そのまま隣の防具屋へ……別の店員さんにバトンタッチし（マジでその場でハイタッチした）、防具屋の店員のお姉さんはエルサに言う。

「お客様、魔法師であり近接戦闘もこなしたいとのご希望で!! 武器はロッドにレガースなら……ふむ、今のロングスカートはやめて、ミニで勝負しましょう!!」

「み、ミニ……」

「はい!! ああ、もちろん下着は見えないように専用のスパッツを穿きますのでご安心を!! それと……僭越《せんえつ》ながらアドバイスを。上半身の装備も少し手入れをしましょうね～!!」

「あ、あの……お、お手柔らかにお願いします」

「はいは～い!! ではでは、身体のサイズを測ります。そちらの彼氏さん、彼女の身体を知り尽くしているならいてもいいですが、そうでないのなら店内をご覧になってお待ちくださいね～」

「あ、はい。じゃあエルサ、またあとで」

俺はその場から離れる。

防具か……そう言えば、俺も防具をなんとかした方がいいかもな。

「俺も装備整えようかな……武器は立派だけど、ジャケットとズボンだけじゃ防御に不安あるぞ」

サビューレ団長みたいな全身鎧じゃなくて、軽くて邪魔にならない、頑丈なやつがいいな。

適当に防具を眺めていると、別の店員さんが近づいてきた。

「いらっしゃいませ!! お客様、防具をお探しで？」

「あ、はい。まあ……」

「うちはなんでも揃っていますよ‼　全身鎧から鎧用の肌着までなんでもござい‼　ささ、ご希望は？」

　こっちもテンション高いな……商売上手というか。

「えーと、今の服装のままで、急所を守れるような軽い装備があれば」

「ございます‼　ふむ、お兄さんは双剣士ですね？　では、ジャケットを脱いで、その上に胸を保護する胸当てなどいかがでしょう？　それと、両腕を守る籠手《こて》に、足を守る脛《すね》当ても‼」

「え、えっと……軽いやつで」

　店員さんがぐいぐいくる。

　結局、胸当てと籠手と脛当てを購入。双剣用の新しいベルトもサービス価格で売ってくれた……やや押されて買った感があるけど。

　まあ、手足の防御に心臓を守る胸当てがあれば文句ない。

　籠手の具合を確かめていると、エルサが戻ってきた。

「あ、あの……レクス」

「ん？　おお、装備は決まっ……」

　振り返ると、エルサがいた。

　今までと装備も、服装も全く違う。

店員さんが言った通り、下半身はミニスカートになっていた。膝まであるスパッツを穿き、さらに足を覆うグリーブも穿いているので露出は少ないが……ロングスカートの時とは全然違う。

上半身も、動きやすいように薄手のシャツに着替え、オシャレな革の胸当てを装備。水属性を象徴する紋章が刻まれたマントを羽織り、腰のベルトにはロッドが差してあった。

恥ずかしいのか、胸元を手で押さえモジモジしているエルサ……正直、可愛い。

ゆったりしていたローブだったから今まで気づかなかったけど……エルサってけっこう、胸あるんだな。って俺は何を考えているんだ。

「ど、どうでしょう……か」

「いや、驚いた……すごいな。似合ってるぞ」

「……っ、あ、ありがとうございます」

店員二名がニヤニヤしながら見守っているのが微妙に不快だ……おのれ。

支払いを済ませて外に出る。

「「ありがとうございました～!!」」

最後までテンションの高い店だった。

俺は恥ずかしがっているエルサに言う。

「さて……メシでも食いに行くか」

「……はい!!」

互いに新装備。これでさらに戦力アップだ!!

21　黒い風が吹く時

装備を整え、防具屋をあとにした。

そのまま夕飯と思ったのだが、俺は空を見上げて言った。

「……エルサ。たぶんだけど、明日はサルワが来ると思う」

「わたしも、そんな予感がしています……明らかに、来る感覚が短くなっています」

初めての遭遇から十日ほど経過したが、その間に二度もサルワは城下町上空を飛び、風車塔の一つを体当たりで破壊……なんとなくだが、俺には理解できた。

「前回、風車塔が一つ壊されただろ。たぶん、今回も被害が出る」

「……え」

「あいつは進化の途中だ。今は適当に飛ぶことしか考えてないし、魔力も垂れ流しみたいな状態で魔雲として空に残っているけど……風車塔を壊したのがサルワの意思なら、恐らくまた何かを破壊するかも」

「……破壊、ですか?」

「ああ。ドラゴンの中にある破壊衝動……風車塔を壊したことで、サルワの中にある破壊衝動が目覚め、刺激されたんだとしたら……城下町を徹底的に破壊する可能性もゼロじゃない」

「……そんな」

「時間をかければかけるほど、サルワは周囲に適応する。そのうち、身体が外殻で覆われたり、手足が伸びたりするかもしれない。たとえ永久《とこしえ》級でも、容易に倒せないかも……」

すでに、最初の遭遇から十日。

魔竜は急激に進化をして、それから停滞期に入り、再び急激な進化を遂げる……らしい。

兄上の言葉がどこまで真実かはわからないけど……時間はかけられない。

「明日、サルワが来たら観察してみる。どのくらい成長したのか……ああもう、嫌な予感するな」

「……」

エルサは不安そうな顔をしていた。

そして、俺の隣に立って言う。

「レクス。このままクシャスラを出て、次の国に行く……って考えもあります」

「……‼」

俺はエルサを見た。

それを考えなかったわけじゃない。というか、普通に考えていたが……エルサがきっといいとは言わないと思ったから言わなかった。

せめて、騎士団が竜滅士と協力し、サルワを討伐するまでは滞在すると、勝手に思っていた。

「クシャスラの次は、水の国ハルワタートですね。あちらの情勢は知りませんが、きっとクシャスラよりはゆっくりできると思います」

水の国ハルワタート……国土の六割が海で、別名『水麗《すいれい》の国』だ。

海上設備やレジャーが豊富な観光都市が多く、『歓楽の領土』としても有名だ。

厄介なサルワなんて放置して、楽しい国で観光しつつ時間を過ごすのも、悪くない。

でも……。

「エルサ。お前はそれでいいのか？」

「………」

「ごめん……嫌な言い方だな。確かに、水の国で楽しく観光して、美味い海産物を食べたり、海で泳ぎたいよな。でも……今ここでクシャスラを放置してハルワタートに行っても、たぶん心から楽しめない」

いろいろ知ってしまった。

俺はムサシを召喚し、手のひらに乗せる。

『きゅあ……』

「ムサシも聞いてくれ。エルサ……俺はすごい力なんてないし、目の前にいる魔獣を全力で倒すくらいしかできない」

「……は、はい」

『きゅ……』

伝わらないかもしれない。でも……今はしゃべりたかった。

「チートがあれば違うんだろうな。一人でサルワの元に乗り込んで軽々倒して『ああ、もう倒しましたよ』なんて言ったり、大勢の仲間引き連れて目の前で大魔法を使って一瞬で倒して『え、こんなもん？』なんてボケかませたら楽なんだよな……でもそんなの無理だ」

この世界は、俺に優しい世界じゃない。

引きこもりのニート野郎が異世界でイキる世界じゃない、死にかけの社畜おっさんが若返って『自由に生きる』とかホザいて無自覚無双する世界でもない。

二度目の人生を与えられた俺が、精一杯生きる世界だ。そこにチートなんて存在しないし、俺はそれを否定する。

この世界に生きるレクスだからこそ、二度目の人生だからこそ……俺は後悔せずに生きる。

「エルサ、ムサシ……俺は逃げないよ。この国を出る時は胸を張って、大きく回る風車を背にして旅立ちたい。だから……サルワの討伐を手助けする」

「……レクス」

『きゅるる……』

「二人とも、手伝ってくれるか？」

そう言うと、エルサは頷いた。

「わたしも同じ気持ちです。婚約破棄されて、家を追い出されて……一人で冒険者として生きるしかなかった。でも、今はもうこれがわたしの道。レクスと歩む道が、わたしの冒険なんです。そこに後悔は残したくありません。サルワの周りにいる魔獣を倒すことだけでも、精一杯がんばります!!」

「ああ。そうしよう」

『……きゅう』

ムサシはブルブル震えていた。

だが、俺とエルサを見て小さな翼を広げ、思い切り飛び立った。

『きゅいいいい!!』

そして、俺たちの周りを旋回し、俺の頭に思い切り着地。

『きゅい、きゅいいい!!』

「ムサシ、お前……一緒に戦ってくれるのか?」

『きゅいーっ!!』

口から小さな炎を放ち、翼をバサバサ広げ、尻尾で俺の頭を叩いた。

『きゅるる……』

ごめん、ずっとビビってた。

『きゅいい!!』
でも、もう怖くない。レクス、エルサと一緒に戦う!!
そんな風に叫んでいるように聞こえる。
ムサシは飛ぶと、エルサの胸に飛び込んだ。
「きゃっ!?　ふふ……おかえり、ムサシくん」
『きゅうう……』
ムサシはエルサに目いっぱい甘え、猫みたいに喉をゴロゴロ鳴らした。

◇◇◇◇◇

翌日、それは上空に現れた。
暴風が宿を揺らし、俺は飛び起きた。
早朝……まだ日が昇った直後。朝の四時とか五時くらいだろうか。
窓を開けようと思ったが、鉄格子が嵌っているので開けられない。
急ぎ着替え、エルサの部屋をノックするが……反応がない。
「エルサ、起きてるか!?　悪い、入るぞ!!」
ドアを開けると、ベッドがこんもりしてる。

頭が半分だけ出ていた。どうやら寝ているようだ。

悪いと思いつつ、俺はベッドのエルサを強く揺らす。

「おい起きろ!!　外、ヤバそうだ!!」

「んあ……」

『きゅう……』

「そういやムサシと一緒に寝たんだっけ……おい起きろって」

「ん～……れくす？」

エルサが起きると、ネグリジェっぽい下着……うおお、ヤベえ。

「ああ、俺……げっ!?」

ムサシを回収し、ドアの前に移動する。そしてドア越しに言う。

「エルサ、着替えて装備を確認しておけ。勘だけど……なんだかヤバイ気がする」

「え……ふぁぁ、え？　あれ……れ、レクス？　わわっ!?」

どうやら起きたようだ。

俺は装備を確認して宿の一階へ。

ムサシを肩に乗せ、カウンターにいる店主に話しかけた。

「店主。外の状況は？」

「状況も何も……例の魔獣のせいで、大荒れだよ。しかもこう何度も現れるなんて聞いていない。

全く、騎士団は何をして――」

そこまで言った瞬間、地面が揺れた。

ズドン‼　と、地面が揺れた。

店主が飲んでいたお茶が床に落ちて割れ、建物が地震のように揺れだす。

地震じゃない……これは、風による揺れ。

「レ、レクス‼」

ここで、エルサが慌てて降りてきた。

外はヤバイ。だが、確認しなくちゃいけない。

「エルサ、確認するぞ‼」

「は、はい‼　レクス、ちょっと待って」

と、エルサがロッドを手に、俺に魔法をかけた。

「『身体強化《ブーストワン》』……身体強化魔法です。これなら風が吹いても、多少は踏ん張れると思います‼」

「さすが一級魔法師。じゃあ行くか。ムサシ、お前は紋章に入ってろ。吹っ飛ばされないようにな」

『きゅうう』


ドアを開けると、暴風が室内に入り込んだ。

外に出てすぐドアを閉める。風圧でドアが壊れるかと思ったが、身体強化のおかげでドアを軽々閉めることができた……すごいな、身体強化魔法。

だが、驚いてはいられなかった。

「レ、レクス……あ、あれ」

エルサの震えた声。

振り返ると上空にいたのは……深緑色の巨大なドラゴンの『成れの果て』だった。

「サルワ……」

全長二十メートル以上。

身体の至るところに甲殻が中途半端に生えている。翼にも鎧みたいな殻が生えており、めちゃくちゃな進化の途中だというのがわかった。

右手の紋章が熱くなった。

戦うと決めたムサシが、震えているのがわかった……本能で『ヤバイ』と理解したのだろう。

「あれが、魔竜……あそこまで進化するモンなのかよ」

確信した。

あれは、天級や天空級、彼方級《かなた》じゃ相手にならない。

永久級《とこしえ》……最悪、幻想級が必要だ。

あっけに取られていると、エルサが叫んだ。

「嘘、なんで……レクス、あれ!!」

「えっ……なっ」

驚愕した。

なぜ、町の中に魔獣……ウィンドワーウルフがいるんだ。

そして、サルワが羽ばたくと同時に竜巻が発生し、町の中にあった風車塔が竜巻に包まれ破壊された。

驚いたのは、破壊を終えると竜巻が消えたこと。

「マジか……!?　あの竜巻、魔法……!?　サルワのやつ、学んでやがる!!」

今のは間違いなく、意思を持った攻撃だった。

サルワが、風車塔を魔法で破壊した。

まさか……知性に適応しているのか。

「まずいぞ。想像以上にサルワが進化に適応してる。早く討伐しないと、クシャスラ王国が滅びるかもしれない!!」

『グァオオオオオ!!』

「レクス、今は魔獣たちを!!」

「ああ、やるぞ!!」

俺は双剣を抜き、エルサはロッドを抜く。

そして……ムサシは自らの意思で紋章から飛び出し、口から炎を吹く。

『きゅるるるる!!』

「ムサシ……やれるんだな?」

『きゅああ!!』

暴風の中、俺とムサシとエルサの戦いが始まった。

22 魔風竜サルワ①

ウィンドワーウルフ。

数は三体だ。

俺は双剣を抜き、エルサもロッドを構え、ムサシも俺の傍で羽ばたきながら小さく炎を吐く。

「行くぞ!!」

走りだし驚いた。そういや身体強化されてるが……身体がとんでもなく軽い。

そして、俺に魔法がかけられている影響なのか、ムサシも速い。

エルサも口元を動かし詠唱しながら走りだす。

『ゴァァァァ!!』

「やああ!!」

エルサに飛びかかった一体のウィンドワーウルフ。だがエルサは身体をかがめ、そのまま半回転し――なんと、腹を狙ったハイキックを繰り出した。

ズドン!! と、腹にキックが直撃。

さらにロッドを構えて。

「優艶《ゆうえん》なる水よ、刃となれ!! 『アクアソード』!!」

ロッドの先端から水が刃のように伸びた。

すごい。刃を飛ばすんじゃない、ロッドを柄に剣のような形にした。

そのままロッドを振るうと、ウィンドワーウルフの首を切断した。

「すげえ、へへ……俺も負けてられないな!!」

俺は向かってくるウィンドワーウルフに向き直り双剣を構え、スライディングする。

地面を滑りながらウィンドワーウルフの股下をくぐり抜け、ついでに足を斬った。

二足歩行の敵にとって、足は移動の生命線……そこを壊せば戦力はダウン。まあ、これは人間にも言えることなのだが。

『グァオオオ!?』

痛がるウィンドワーウルフ。だが、そんな暇はないぞ?

俺は双剣を鞘に戻し、アイテムボックスから銃を取り出して連射。

ウィンドワーウルフの背中に弾が命中すると、血が噴き出し倒れた。

その隙に接近し、頭を槌で潰す。

「双剣、銃、槌のコンボ攻撃……これが俺の戦い方だ」

「レクス、ムサシくんが!!」

「!!」

振り返るとそこにいたのは、ウィンドワーウルフの爪を躱すムサシ。

エルサと俺が一瞬で目配せし、俺は双剣、エルサは水魔法で連携攻撃を仕掛けようとした時だった。

『——きゅあ』

『ッ!!』

一瞬、ムサシが『別』の何かに見えた瞬間。

『ゴァアアア!!』

紅蓮《ぐれん》の炎を吐き出し、ウィンドワーウルフが一瞬で炭化……倒れると同時に砕け散った。

いきなりの光景に俺とエルサはポカンとする。

『きゅあーっ!!』

「おっ、おい……ムサシ、今の」

『きゅ？』

ムサシは俺の胸に飛び込み、『ふん、こんなもんだぜ』と胸を張って甘えてくる。

なんだ今の炎は。見たことのない火力だぞ。

ウィンドワーウルフは、墨みたいにカチカチになってるし……とんでもない炎だ。

「と、とにかくよくやった。ほれ、魔力減っただろ？　いっぱい食っていいぞ」

『きゅうう!!』

待ってましたと言わんばかりにムサシは俺の右手の紋章に飛び込む。すると、魔力が減る感覚がした。

とりあえず、目の前の恐怖は消えた。

「街中に魔獣が現れるなんて……」

「どう考えてもサルワの影響だろ。って、あのドラゴン……上空に留まってやがる」

サルワは、クシャスラ王国の遥か上空に漂っていた。

今までは適当に、魔力を撒き散らして飛んでいただけなのに……その行動には、明らかに『知性』が感じられた。

すると……風が弱まっていく。

これまでとは違う。サルワの意思で魔雲が落ち着き、風がやや強いだけになった。

「な、なんででしょうか……」

「……試しているんだ」

「え？」

「自分にできること、できないことを試している。あいつ、進化に適応してる……これまでとは違うぞ」

するとつ街路を騎士たちが駆けてきた。

中にはリリカもいる。俺たちに気づくと向かってきた。

「二人とも無事⁉　サルワが魔獣を引き連れて……って、もう戦ったのね。で、今までと全く違うの‼　サルワがまるで考えて行動してるような」

ここまで言うと、あり得ない声が聞こえてきた。

『マ、タ……ク、ル』

「「えっ……」」

俺、エルサ、リリカが上空を見ると……サルワが去っていった。

魔雲を残し、暴風を、魔獣を残して。

『ゴァァァ‼』『グルるる……』『ギャルルル‼』

すると、ウィンドワーウルフが群れで現れた。

一体二体じゃない。かなりの数が入ってきた。

「エルサ、リリカ……やるしかないぞ」

「はい……‼」

「くっそお……許さないし‼」

戦闘が始まった……サルワ、相当厄介な魔竜だぞ。

◇◇◇◇◇◇

戦っているのは騎士団だけではなく、冒険者たちも多かった。

まあ朝の五時過ぎだしな。依頼の取り合いが始まるし、みんな起きてても不思議じゃない。

だが、今日は依頼どころじゃないだろう。ってか国が崩壊の危機。

「レクス‼　そっち任せた‼」

「ああ‼」

ウィンドワーウルフ、隙を突けば意外ともろい。

すでに俺は五体、エルサは三体倒し、リリカは援護に徹している。

周りには俺たちより経験のある冒険者たちが戦っている。十や二十どころじゃない数のウィンドワーウルフを倒し、死骸が山積みになっていた。

何分戦っただろうか……ウィンドワーウルフたちが全滅する。

特に喝采《かっさい》や喜びもなく、戦闘は終わった。

すると、リリカが言う。

「二人とも……あのさ、一緒に来てくれない？　団長がレクスの意見を聞きたいって」

「もしかして騎士団……俺のこと探してたのか？」

「ううん。最初は詰所にいて、魔竜対策でいろいろ話し合ってたの。そこで、もう一度レクスを呼んで意見を出してもらおうって時に……正門から魔獣が殺到して、サルワが現れたの」

「そうか……俺も、騎士団とサビューレ団長には報告しておきたいことがあった」

「よかった……じゃあ、詰所に行こう。きっと団長はそこで指示を出している」

俺たちは詰所に向かった。

街中はひどい有様だった。もともと風の強い地域なので暴風対策は万全だが、固定されていないベンチや樽などが吹き飛ばされ、民家の一部を破壊していた。

風車も、いくつか壊されてしまったのか動いていない。

「ひどいな……そういえば騎士団って国の守護兵士みたいなもんだろ？　団長さんが城下町にいていいのか？　普通は王様を守るもんじゃ」

「そうだけど……陛下の意向で、クシャスラ騎士団の最優先は国民になっているの。代わりに、陛下は親衛隊っていう専属騎士を周りに置いているから、騎士団は国民を最優先できるの」

「へえ、いい王様だな」

「うん。陛下は立派な方だよ。前に風車が壊れた時も、真っ先に修繕費を出してくれたから」

立派な王様だな。

異世界のテンプレ王様は二種類に分類される。『すごく立派な王様』か『すごく最低な王様』だ。

クシャスラの王様は『すごく立派』な方らしい。

さて、詰所に到着すると、いたいた。

「負傷者の救護を最優先しろ。倒壊した建物に取り残された人がいないか確認を怠るな!!」

サビューレ団長が指示を出している。

グレイズさんや他の中隊長が指示を受け、部隊を連れて走りだした。

「ん？　おお、来てくれたかレクスくん!!　副団長、あとの指示は任せる」

「はっ、お任せください!!」

髭面《ひげづら》の男性が敬礼し、騎士たちに指示を出し始めた。

そしてサビューレ団長が俺たちの元へ。

「こちらへ」

それだけ言い、詰所の中へ。

団長室に案内されソファに座ると、サビューレ団長がリリカに言う。

「リリカ騎士、彼らをよく連れてきてくれた」

「い、いえ!!　騎士の責務を果たしたまでです!!」

「うむ。時間がない……レクスくん、きみも魔竜を見たな？　率直な意見を聞かせてくれ……あれは、人にどうにかできる相手か？」

……これは厳しい問題だ。

でも、はぐらかしても仕方ない。

「今のサルワは恐らく、永久《とこしえ》級くらいの強さです。これから支援に来るリューグベルン帝国の永久《とこしえ》級と、騎士団、冒険者が力を合わせればなんとか……」

「……それは、リューグベルン帝国の支援がある前提の話か？」

「……はい」

「間に合わんな」

そうだ。

リューグベルン帝国の支援は、あと一週間は来ない。

その間、魔竜がどれだけ進化するのか。それに、あの魔竜の成長速度を考えると、たとえ支援が間に合ったとしても、その支援で戦えるのだろうか。

「レクスくん。クシャスラの冒険者すべてと、騎士団が協力すれば、勝てると思うか？　きみの竜滅士の知識と我々の力を考えて教えてくれ」

「……可能性はゼロじゃないと思います。でも、かなり厳しい戦いになるかと」

「なら、やるしかあるまい」

サビューレ団長は立ち上がると、自分のデスクで何かを書き始めた。

それは手紙。包むと、リリカへ渡す。

「騎士リリカ。これを王城へ」

「こ、これは？」

「陛下へ、今の状況を説明する文章だ。これより騎士団は冒険者ギルドと連携し、魔竜サルワの討伐に動く……町を戦場にはさせん。魔竜の住処に乗り込み、討伐する」

俺は何も言えなかった。

確かに……今ならできるかもしれない。

サルワは魔雲を生み出し、竜巻を発生させるほどの魔法を使った。魔力はかなり減ったはず。

だが……今の進化を考えると、魔力はすぐ回復するだろう。

時間がない。

「街の復興を最優先すべきなのだろうが……今の最優先はサルワの討伐だ。負傷者の救助が終わり次第、我々はサルワ討伐に向け準備を進める」

サビューレ団長は、俺にも手紙を渡す。

「済まないが、頼まれてほしい。この手紙を冒険者ギルドへ……ギルドマスターへ渡してくれ」

「……協力の願い、ですか」

「ああ。冒険者ギルドと手を取り合わねば、この難局は乗り切れん。では、頼む」

俺とエルサは立ち上がる。

リリカも立ち上がると、敬礼をした。

詰所を出ると、リリカが言う。

「二人ともごめんね……本当はもっと、クシャスラを楽しんでほしいけど」

「全部終わったら楽しむさ。な、エルサ」

「はい。もちろんです」

『きゅぅ!!』

ムサシも出てきて俺の肩に乗った。

リリカは俺たちにも敬礼し、王城に向かって走りだす。

「じゃあ、俺たちも行くか」

「はい!!」

『きゅいー!!』

冒険者ギルドに、この手紙を届けないとな!!

23　魔風竜サルワ②

冒険者ギルドは、これまでにないくらい賑わっていた。

賑わっていたというか……戦場みたいな忙しさ。

それもそのはず。なぜなら冒険者ギルドは、臨時の救護所となり怪我人の治療を進めている。

「ひでえな……」

倒壊した家屋にいた人、暴風に巻き込まれた人、魔獣に襲われた人とかなりの数だ。

治療魔法師たちが手当てをしているが、みんな疲弊しきっている。

するとエルサが言う。

「レクス。わたし、手伝ってきます‼　お手紙はお任せしますね」

「手伝うって、大丈夫なのか？」

「はい。一級魔法師ですし、それに……実はわたし、攻撃魔法より治療魔法の方が得意なんです。六系統魔法で最も治療効果の高い回復魔法を使えるのは、水属性なんですよ？」

エルサは微笑み、怪我人の子供の傍へ。

「うう、いたい、いたいよ……」

「大丈夫。すぐに治りますからね……『キュア』」

ロッドから水の塊が現れ、子供の腕と足を包み込む。すると、消毒液みたいにジュワジュワと気泡がくっつき、怪我が再生するのがわかった。

すごい。あれが治療魔法……エルサの真骨頂か。

「と、見てる場合じゃない。エルサに任せて、俺も仕事しないと」

周りを確認すると、受付嬢さんが忙しそうに走り回っていた。

手には枕やシーツがある。看護師の代わりをしているようだ。

「あの、すみません!!」

「はいはいはーい!!　なんでしょうか？　怪我ならあっちの……」

「怪我じゃなくて。ギルドマスターはいますか？　クシャスラ騎士団長から手紙を預かってるんです!!」

「ええ？　って、これクシャスラ騎士団の紋章……ギ、ギルドマスターなら三階の部屋にいますんで、勝手にどうぞ!!　忙しい忙しいー!!」

行ってしまった。

どうやら勝手に行っていいみたいだ。

俺は階段を駆け抜けて三階へ。プレートに『ギルマス部屋』と書かれたドアがあったのでノックする。

「すみません、クシャスラ騎士団から手紙預かってきました!!　ギルドマスター、いますか？」

「いる。そう何度もノックするな……入れ」

部屋に入って仰天した。

なぜなら、上半身裸で首にタオルをかけた女性が、窓際で豪快に水のボトルを飲んでいたから。

思わず目を背《そむ》ける……あれ、入っていいって言ったよな？

「サビューレからの手紙か。よこせ」

「あ、はい……す、すみません」

直視できず顔を逸らす俺……いや、異世界転生の主人公じゃ嬉しいラッキースケベなんだろうけどさ、俺はそういうキャラじゃないしフツーに恥ずかしい。

そのまま部屋を出ようとするが。

「待て」

止められた～!!

すると、ギルドマスターは手紙を机に置き、タオルで汗を拭う。

そしてようやく、ソファにかけてあったタンクトップを手に取り着た。あー安心……だが、下着を着けていないのか、胸にポッチが……ああもう、マジでなんなんだこの人。

「座れ。お前がレクス……竜滅士と同等の知識を持つ冒険者か」

なるほど。団長は俺がドラグネイズ公爵家の人間だとは書いてなかったようだ。

「アタシはクシャスラ冒険者ギルドのマスター、エラソンだ。サビューレとは騎士団の同期だったが、元マスターの親父が死んで、アタシが跡を継いだ。まあ、よろしく頼む」

「よ、よろしくお願いします……」

「それで、手紙によると騎士団と冒険者ギルドの協力が必要不可欠とのことだが……お前に説明してもらう」

手紙には『詳しいことはレクスに聞け。長い手紙書くのめんどくさい』的なことが書かれていた。

あの団長……察しろってか？

とにかく、俺は状況を説明……エラソンさんはウンウン頷き、煙管《きせる》に火をつけた。

驚いた。指先から火……この人、騎士なのに魔法師なのか？

「リューグベルン帝国の支援は間に合わず、騎士団と冒険者ギルドの総力でサルワを討伐、か……おいレクス、勝算はあるのか？」

「……あります」

「正直に言え」

「……恐らく、限りなく低いかと。そもそも竜滅士がこの世界で最強なのは、ドラゴンという生物があらゆる魔獣を置いてトップに立つ強さだからです。天級のドラゴンですら、かなりの強さなのに」

「……勝ち目はかなり低いが、ゼロではない。そういうことか」

「はい。ドラゴンの弱点である心臓……そこを突けばなんとか」

「ふむ……」

エラソンさんは煙管の灰を落とす。

「わかった。全冒険者……とまではいかんが、協力しよう。集められるのは三百人といったところか。騎士団も今の状況では三百がいいところだろう。国の防衛、復旧もあるから兵士を使うことはできん。総勢六百……どうだ、勝ち目はあるか？」

「……わかりません。そもそも俺、こういうの想定したこともないし」

だが、六百か……いける、のか？

「とりあえず、早急に準備をする。明日の朝には出発できるだろう……レクス、お前も協力するんだろう？」

「もちろん、戦います」

「ならいい。では、あとは休んでおけ」

そう言い、エラソンさんはもう一度煙管に火をつけた。


部屋を出て一階に下りると、エルサが感謝されていた。

「まさか、一級の治癒魔法師様に会えるなんて!!」

「ありがとうございます!!　感謝しかありません!!」

「いえいえ。皆さん、治ってよかったです」

早っ……もう治療終わったのか!?

俺に気づくと、エルサは感謝する人たちに頭を下げて近づいてくる。

「こっちは終わりました。レクスは？」

「俺も終わった。たぶん、明日の朝にはサルワの討伐に出ると思う。それまで休んでろって」

「そうですか……宿屋に戻りますか？」

「ああ。あとは、エラソンさんとサビューレ団長に任せておくか」

城下町に出ると、騎士ではない王国兵士たちが、魔獣の死骸や片付けなどをしていた。

どうやら騎士たちは、明日のサルワ討伐に向けて準備をしているようだ。


宿に戻り、俺の部屋に集まる。

「エルサ、明日はデカい戦いになる。でも……一つだけ。いざとなったら逃げることも考えよう」

「に、逃げる……ですか」

「ああ。どうしても勝てない、そうなったら逃げる。逃げることは間違いじゃない。命を捨てることだけは、絶対にしないようにしよう」

「……………はい」

「俺だってこんなこと言いたくない。でも……俺は、お前にも死んでほしくないし、俺も死にたくない」

勝てなくても、サルワを何日か行動不能にするくらいのダメージは与えられると思う。その間に、リューグベルン帝国の支援が到着し、傷ついたサルワを討伐してくれれば勝ちだ。

命を懸けてまで戦う……なんて、俺にはできない。

『きゅるる……』

「ムサシ……俺が死ぬとお前も死ぬ。その逆もある。だから、絶対に無理はするなよ」

『きゅう』

ムサシを撫でると、エルサが言う。

「レクス。わたし……どんな怪我も治しますし、レクスの隣で戦いますから!!」

「ああ。俺もだ。一緒に戦おうぜ」

拳を出すと、エルサが首を傾げた……ああ、そういやお嬢様だったな。

エルサに拳を出すように言うと、俺が拳を合わせる。

「明日は頑張ろうぜ」

「はい!!」

クシャスラが生きるか死ぬかは、明日の戦いにかかっている。

◇◇◇◇◇

夜、俺はムサシと一緒に寝ていた。

ムサシを見ながら、ほんの少しだけ思う。

「……やっぱあれ、特殊な力なのかな」

ウィンドワーウルフを一撃で倒した炎……やっぱりこいつ、特殊な力を持ってるのかな。

『きゅるる……すぴぃ』

鼻ちょうちんを膨らませながら寝るムサシを軽く撫で、俺は欠伸をするのだった。

24　魔風竜サルワ③

翌朝。

日が昇る前に目が覚め、俺はベッドから起きて窓から外を見た。

鉄格子の隙間から僅《わず》かな光……どうやら魔雲は消えたようだ。

着替え、ムサシを肩に乗せて部屋を出る。隣のエルサの部屋をノックする。

「レクス、おはようございます」

「おはよう……今日は起きてたな」

「そ、それを言わないでください。その……実は、あまり寝れなくて」

「実は俺も。眠りが浅くてな……でも、調子はいい」

一階に下りると、すでに朝食のいい香りがした。

パン、スープ、サラダと軽く食べ、店主にお礼を言って外へ出る。

奇しくも、天気がいい……魔雲も消え、快晴だった。

「いい天気ですね……」

「ああ。昨日、サルワが襲来したとは思えない」

「また、来るんでしょうか……」

「間違いなくな。でも、そうはさせない。今日で終わりにする」

『きゅるるるる!!』

俺の肩の上でムサシが翼をバサバサ羽ばたかせた。

二人と一匹で向かったのは冒険者ギルド。すると、ギルド前には多くの冒険者、そして騎士が集まっており、サビューレ団長とエラソンさんが目立つ場所に立ち、何かを話していた。

そして、数分後……サビューレ団長が言う。

「騎士、そして冒険者諸君!! これより合同での緊急依頼……『魔風竜サルワ討伐』について説明する!!」

騎士の方はビシッと整列していたが、冒険者の方はチームごとにまとまっていた。私語も少しあったが、エラソンさんが睨みを利かせると静かになる。

「魔風竜サルワ。昨日の襲撃でかなりの魔力を消耗し、今は眠りについているはずだ。冒険者ギルドが定めた討伐レートはSS……一国の危機と言っても過言ではない」

そして、エラソンさんにバトンタッチ。

「あー……作戦は簡単だ。騎士団の中隊長クラスと冒険者ギルドのA級冒険者がメインとなり、サルワを討伐する。残りは、サルワが従えている魔獣の相手だ。サルワはクシャスラの東にある森にいるとわかっている……全員、気を抜くなよ」

エラソンさんは煙管を咥えて火をつける。

タンクトップにジャケット、ブーツに指ぬきグローブと、なんだか軍人みたいな恰好をしている。

サビューレ団長もフル装備の騎士姿だし……この二人、めちゃくちゃ強いんだろうな。

「それでは騎士団、これより出発する!!」

「冒険者たち、気合い入れな!!」

こうして、魔風竜サルワ討伐のため、騎士と冒険者が動きだした。

◇◇◇◇◇◇

移動は騎士団が手配した馬車。

俺とエルサはリリカに呼ばれ、サビューレ団長とエラソンさんが乗っている馬車にいた……いや、なぜ?

「レクス、エルサ。お前たちはサルワ討伐に参加しろ。レクス、お前の知識と、エルサの回復は重要だ」

エラソンさんに言われ、俺たちは顔を見合わせる。

まあ、ここで拒否なんてできるわけないし、するつもりもない。

「わかりました。でも俺たち、F級になったばかりで戦闘経験はまだ浅いです。役には立てないかも」

「レクスはサルワを見て、気づいたことをとにかく報告してくれ。エルサは後方で怪我人の治療を頼む」

「わ、わかりました」

すると、サビューレ団長が言う。

「ああ、当然だが、報酬は期待してくれ。今回、国王陛下が支援金をたんまり弾んでくれてな。冒険者ギルドの年間予算三年分ほどある。すべて、冒険者ギルドに渡そう」

「おいサビューレ……部下の騎士たちに臨時報酬でも渡してやれ。それじゃさすがに不満が出るぞ」

「む、そうか?」

察してよサビューレ団長……エラソンさんの言う通りだろうが。

エラソンさんはため息を吐いた。

「すまんな、昔からこいつは察しが悪くてな……」

「む、エラソン。その言い方はなんだ。そもそもお前はだな」

「うるさい。とにかく、支援金は冒険者ギルドと騎士団で折半だ」

二人のやり取りを聞いて、エルサがクスッと笑った。

「お二人とも、仲がいいんですね」

「サビューレとは腐れ縁だ」

「フン。お前が騎士を辞めてギルドマスターになって、ようやく縁が切れたと思ったがな」

うーん、なんか漫画みたいな関係だな。

騎士団長と、ギルドマスター……しかも女性同士。

酒飲み仲間とかそんな感じがする。いいなあ……なんか憧れるわ。

すると、エラソンさんが煙管をアイテムボックスにしまい、サビューレ団長も目を閉じる。

「……そろそろだな」

「ああ。近い」

「「え」」

馬車の窓から外を見ると……大きな森が見えた。

そして、森の上空が黒い雲に覆われている……魔雲だ。

「あそこに、サルワが──」

「──チッ、来たか」

と、サビューレ団長が言った瞬間、俺たちの前を走っていた馬車の屋根に、ウィンドワーウルフが着地……そのまま馬車を蹴り倒し、さらに別のウィンドワーウルフが馬を爪で切り裂いた。

仰天する俺。すると一瞬で馬車から飛び出したエラソンさんが、アイテムボックスから巨大な槌を取り出し、回転しながら勢いをつけ、ウィンドワーウルフの頭を粉砕した。

「う、嘘だろ」

パァン‼ と、破裂した。

とんでもない威力。俺がやってもああならない。

驚いている暇はなかった。

「野郎ども、戦闘準備‼ Ａ級冒険者はアタシに続け‼」

「騎士たち、中隊長は私に続け‼ ノイマン、指示は任せる‼」

エラソンさんが走りだすと、Ａ級冒険者たちは迷わず走りだす。

騎士たちも、サビューレ団長のあとに続いて走りだした……すごい、経験豊富な騎士や冒険者は迷いがない。

すると、周りはすでにウィンドワーウルフに包囲されている。

俺、エルサはようやく馬車から出たところだった。

『きゅいい‼』

「ムサシ、無理すんなよ。エルサ、行けるか」

「はい……‼」

「レクス、エルサー!!」

と、リリカが来てくれた。

「二人とも大丈夫!?」

「ああ。リリカ、俺たちはこれから前線に行く。俺なら、サルワを観察して、何かわかるかも」

「わたしは怪我人の治療をします。リリカさん、あなたは」

「私も行く!!　持ち場離れちゃったけど……二人を守るよ!!」

戻れ、と言う前に言われてしまった。

前を見ると、すでにエラソンさんとサビューレ団長は小さくなっていた……かなり速く走ってる。

「わかった。じゃあ行くぞ、サルワをここで倒そう!!」

「はい!!」

「うん!!」

『きゅるるるる!!』

ムサシが俺の肩から飛び、まるで先導するかのように飛び出した。

◇◇◇◇◇◇

戦いは始まっている。

幸い、森までは真っ直ぐの道だ。ただ街道を走るだけでいい。

でも……周りでは、ウィンドワーウルフとの戦いが始まっていた。

『グォォ!!』

「この野郎がっ!!　援護頼む!!」

「おう!!」

ウィンドワーウルフと冒険者たちの戦い……手を貸せないのがつらい。

でも、この先ではもっと厳しい戦いが待っている。

「レクス、リリカさん。今のうちに『身体強化《ブーストワン》』をかけておきます」

エルサがロッドを振ると、力が漲《みなぎ》ってきた。

「わお、すっごい……騎士団の専属魔法師でも、こんな強い強化はできないよ」

驚くリリカ。俺は身体強化のこと知らないけど、エルサは魔法師としてかなり有能だ。今更だが……婚約破棄して追放って、よくある『ざまあ展開』がありそうだ。もしかしたら、エルサを追放した伯爵家では、エルサがいないことで何か問題が起きてたりして。

だが、そんなこと考えている暇がなくなった。

『きゅるるるる!!』

ムサシが叫ぶ。

上空にある魔雲が不規則に動き、森から巨大な何かが飛び上がった瞬間だった。

「なっ……嘘だろ、サルワ!!」

すると、下の方から魔法や矢が放たれる。

まだ俺たちの位置は遠い。すでに戦いは始まり、サルワを上空に逃がしてしまったようだ。

まずい……人間がドラゴンに勝てない理由の一つが、答えとして出てしまう!!

「くそ、みんな逃げろー!!」

走りながら叫ぶ。

だが、間に合わない。

『クハハ……グォアアァァァァァァァァァァァ!!』

サルワは上空で大きく口を開けると、真下に向かって緑色のブレスを吐いた。

その光景に、リリカが愕然とする。

「ド、ドラゴンのブレス……」

「あれが人間じゃドラゴンに勝てない理由の一つ。羽翼種のドラゴンは飛べる!! つまり、制空権を完全に支配してるんだ!!」

この世界に、空を飛ぶ魔法はない。

空を飛ぶ魔獣の多くには高い討伐レートが設定されている。

魔法攻撃、弓矢くらいしか人類の攻撃は届かない。

「竜滅士がチームを組む時は、必ず『形態《フォルム》』が被らないように組まれる。そして必ず、羽翼種は編成される……空を飛べるだけで、圧倒的に有利になるから」

話しながら向かうと……サルワの真下はやはり、地獄と化していた。

防御魔法でガードしたようだが、多くの騎士や冒険者が傷ついている。

エラソンさん、サビューレ団長もボロボロだ。

「クソッ……飛ばれる前に決めたかったが、あの野郎」

「いいところに来た。エルサくん、魔法師と弓士の治療を優先に回復を!! まだ動ける弓士、魔法師は攻撃用意!! ブレスの動作を確認したら全力で回避!! いいか、狙うのは翼だ!!」

的確な指示だ。

確かに、制空権は向こうにある……でも、ブレスの射程範囲があるから、矢や魔法が届かない距離じゃない。

俺は銃を抜き、リリカは弓を構える。

「エルサ、回復は任せた」

「はい。二人とも、気をつけて!!」

「うん。レクス、行こう!!」

俺は頷き、肩に乗るムサシに言う。

「ムサシ、紋章に入ってろ」

『きゅああ!!』

ムサシはブンブンと首を横に振った……そっか、もう逃げないって決めたもんな。

「じゃあ行くぞ!!」

『きゅるる!!』

俺とムサシ、そしてエルサとリリカ。

魔風竜サルワとの戦いが始まった。

25　魔風竜サルワ④

俺は銃を、リリカは弓矢を上空へ向ける。

サルワは上空五十メートルほどで滞空し、こちらに顔を向けている。大きく口を開いている姿を確認……間違いない、もう一度ブレスを吐こうとしている。

俺は、サビューレ団長とエラソンさんに言う。

「もう一度ブレスが来ます!!　守るか、逃げてください!!」

「騎士団、盾構えー!!」

「野郎ども、散れ!!」

的確な判断だ。

騎士団は固まって盾を構えてしゃがみ、冒険者たちは一斉に散らばる。

俺は上空に向けて銃を連射するが……ダメだ。

「クソ、狙撃銃でもないと届かない……!!」

かろうじて弾丸は届くが、威力が途中で落ちてしまう。

命中するが、投石するのと変わりない。

そして、今気づいた。

「あれ――……ムサシ!?」

『きゅあああ!!』

「ま、待て、無茶すんな!!」

なんとムサシ、上空まで一気に飛び、サルワの真正面へ。

そして、口から火球を吐き出しながらサルワを威嚇した。

『……ナンダ、オマ、え』

『きゅあああ!!』

ボッと火球を吐き出すムサシ。

火球はサッカーボールくらいの大きさで、二十五メートルプールを寝床にできそうな大きさのサルワに命中するが、案の定ダメージがない。

だが、ムサシに注意が向き、サルワはブレスをムサシに向かって吐き出した。

『ゴァァァ!!』

『きゅっ……!?』

「逃げろ!!」

ムサシは全力で回避……風属性のブレスは上空へ。

ムサシは急降下し、俺の頭にダイブした。

『きゅるる』

「よくやった!! と言いたいが……無茶しすぎだ!!」

『きゅぅぅ』

褒めて、叱る。

ムサシじゃ、あのブレスを受けたら骨も残らないだろう。ムサシが消滅すると俺も死ぬ。

でも……少しはチャンスができた。

「サビューレ団長、エラソンさん!! たぶん、もう何度もあのブレスは撃てないと思います!! ドラゴンのブレスは魔力を消費して吐き出される。あれだけの威力……普通に考えたら、そう何発も撃てないはず!!」

ブレスを空撃《から》ちさせたのはかなりありがたい。

人間たちじゃなく、目の前を飛ぶ邪魔なムサシに照準を合わせた……どっちがこの先邪魔になるかを考えられるほどには進化していない。

言葉も発することができるが、そこまで頭もよくない。

まだ倒せる。今ならいける!!

すると、サルワは急降下。地面にダイブして巨大なクレーターを作り、衝撃波で周囲にいた冒険者、騎士団を吹っ飛ばした。

『グォアアァァァァァァァァァァァァ!!』

「くっ……恐ろしい圧力だな!!」

「ああ、これからが本番だ。サビューレ、気を抜くな」

サビューレ団長、エラソンさんが武器を構える。

今の衝撃波で、かなりの数の仲間が吹っ飛ばされ傷ついてしまった。もう、まともに動けるのは団長とエラソンさん、騎士と冒険者が数名、俺とリリカだ。

後方では、エルサが魔法で傷ついた仲間を回復している。

俺は双剣を抜き、前に出た。

「サビューレ団長、エラソンさん。狙うは心臓です」

近くで見て思った。

サルワ。ほんの一日しか経過していないのに、肥大化が進んでいる。

身体には中途半端な甲殻、歪《いびつ》に変形している翼、足がやけに太く腕が異様に長い。顔には髭みたいに毛が生えており、ツノもねじくれて伸びていた。

甲殻種、羽翼種、陸走種、人型種の特徴が中途半端に出ている。急激な進化の最中……このまま進化すれば自滅するだろうが、その間にクシャスラ王国は壊滅する。

こいつは、ここで倒さないといけない。

「ドラゴンの心臓は胸。そこを潰せば……」

「あれの懐《ふところ》に潜り込むのか……エラソン、お前が適任だな」

「そうだな。サビューレ、隙を作れ」

エラソンさんは、持っていた槌の先端を外し、槍に変形させる。

「騎士、そして冒険者たち!! これよりエラソンがやつの急所を突く!! 全員で援護をするぞ!!」

それぞれが武器を持つ。

エルサに回復してもらった騎士や冒険者も少し合流……エルサも合流した。

「エルサ、怪我人は」

「すみません。魔力がほぼ尽きて……残りは、レクス用に」

「ありがとな。よし、じゃあ一緒に行くか」

「はい!!」

「ムサシ、行けるか？」

『きゅるるる!!』

気合いを入れると、サルワが翼を広げ、負けじと気合いを入れるように咆哮する。

『グォアアアアアアアアアアアアアア!!』

その圧力、とんでもない。

空気がビリビリ震え、魔雲が周囲に形成され、さらに暴風も巻き起こる。

俺は思わず苦笑する。

「実家を追放されて、気ままな旅をしようとしたのに……な〜んでこんな、命懸けて戦ってるんだろうな。まるで異世界転生の主人公じゃないか」

都合のいいチート、露骨なハーレム、楽して大金を得る主人公みたいにはなりたくないけど……

今だけは、そんな都合のいいチートでサルワを倒したい……そんな風に思ってしまうのだった。

◇◇◇◇◇

サルワは魔雲を形成、雲が形状を変えるとミニ台風みたいになり旋回を始めた。

おいおい、ゲームのボス戦じゃあるまいし、特殊攻撃なんかしやがって。

『グォロロロロ!!』

ズズン、ズズンとサルワは四つん這いで近づいてくる。

全長二十メートル以上の怪物が近づいてくるのはかなり恐怖だ。

「弓!!」

サビューレ団長が叫ぶと、数名の弓士たちが一斉に矢を番えて向ける。

冒険者たちも同じように構えると、一斉に矢が飛ぶ。

俺も負けじと拳銃を両手に持ち連射。この距離なら命中する。

『グァァァオオオオオ!!』

だが、サルワが両腕を交差させて防御。矢は刺さらないが、銃弾は腕に食い込んで血が出た。

「銃か、久しぶりに見たがいい威力だ」

「骨董品ですけどね」

エラソンさんとそれだけやり取りする。

すると、サルワが威嚇の咆哮をして——俺たちの周囲に魔雲、いや『魔竜巻』を形成した。

「なっ……しまっ」

暴風が一気に俺たちを包み込む。

立っていられないほどの強風で、俺の身体が浮き上がった。

「うぉぉぁぁぁぁっ!?」

「きゃぁぁぁぁぁっ!!」

俺の傍にいたエルサの手を掴み、抱き寄せる。

そして、近くの木に激突……あまりの痛みに顔をしかめた。

「つぐ……」

「レ、レクス……!?　だ、大丈夫ですか!?」

「し、死ぬほど痛い……」

マジで痛い。

周りを見ると、竜巻に巻き込まれたのはほぼ全員で、みんな吹っ飛ばされ周囲の木々に激突していた。

そして、俺の手元に。

『きゅ……』

「む、ムサシ……!?」

ムサシも巻き込まれたのか、ボロボロで転がっていた。

思わず痛みを無視して手のひらに乗せる。

「おい、大丈夫か？　おい……」

『きゅう……』

ムサシはフラフラと飛び……こちらにゆっくり向かってくるサルワに顔を向けた。

まだ、諦めていない。

サビューレ団長、エラソンさんは……ダメだ、吹っ飛ばされて気を失っている。

エルサは、青い顔で俺に治療魔法をかけていた。エルサももう限界が近い。

痛みが少し和らぎ、俺は立ち上がる。

「動けるのは……俺、だけか」

「う……」

エルサも動けない。完全な魔力切れだ。

俺は双剣を手に前に出た。

『グオルルルル……グヘ、グヘヘ』

サルワ……この野郎、勝利を確信したように笑いやがって。

サルワは口を開け、魔力を注ぎ込み始めた。

ブレス……野郎、このまま周囲一帯をブレスで薙《な》ぎ払い、俺たちを始末するつもりだ。

「ムサシ、来い……はは、死ぬにはいい日、ってか」

『きゅあ……』

もう、逃げるしかない。

エルサを連れてここから逃げる。

たぶん、エルサとムサシだけなら逃げ切れる。

このまま隣の国に逃げて、傷を癒して冒険を再開するのもいい。

新聞か何かで顛末《てんまつ》を知ることになるだろう……『クシャスラ王国崩壊、竜滅士間に合わず』とか、『竜滅士の活躍でサルワ討伐、しかし国の被害甚大』とか。

雰囲気のいいカフェで新聞を読みながら、俺とエルサは『精一杯やった』とか悲しみ、冒険を続けるだろう。

誰も俺たちを責めない。

俺は転生者だけど、使命を帯びて転生したわけでもなければ、ハーレムを作りたいとか、都合のいいチートで産業革命起こしたり、領地を発展させたいわけじゃない。

ただ、生きたいだけ。

だから逃げてもいい。逃げてもいいんだ……でも。

「ちっくしょう!! ここで逃げたら……死んでるのと変わんねぇだろうが!! ずっと後悔し続ける。俺は、異世界に来ても、惨めな気持ちで生きなきゃいけないのかよ!!」

絶叫する。

ああそうだ。俺は主人公じゃない。こんなピンチになっても助けに来てくれる真の主人公とかも期待していない。俺以外の転生者が『あとは任せな』なんて展開、望んでいない!!

「死ぬにいい日なんてない。いつだって……今日を生きるしかない。そんな言葉、あったな」

双剣を強く握りしめる。

「やってやる。ああ、死ぬまでやってやる。二度目の人生、ここからがハイライトだ!!」

『――……』

サルワが口に魔力を溜め、俺たちをまとめて吹き飛ばすブレスが吐かれた。

『ゴァァァァァァァ!!』

深緑色の閃光。

呑み込まれる。死ぬ……でも、マジでなんとかならないかな……なーんて、な。


『――……きゅあ』


次の瞬間、エメラルドグリーンの閃光が周囲を包み込んだ。

「……死んだのか」

痛みはなかった。

というか、異世界で死ぬとまた転生とか……さすがに都合良すぎかな。

地面は硬い。服もそのままだし、双剣もしっかり握ってる。

すごい、綺麗な光が……って。

「……えっ」

『――グルルルル‼』

俺の眼の前に、巨大な『何か』がいた。

全長三メートルほど。エメラルドのような甲殻に覆われた何かが、巨大なエメラルドに包まれた両腕でブレスを弾いている。

『グォアアアアア‼』

エメラルドグリーンの光が、サルワのブレスを弾き飛ばした。

『グル!!』

「え」

そして目の前にいる『何か』が、俺を見て口元を歪めた。

まるで笑っているような……同時に、紋章が緑色に輝いた。

俺の右手の紋章が変化していた。

「ま、まさか……」

中央に竜の顔のような紋章が四つ、そしてそれを囲うように六つの紋章が刻まれている。

六つの紋章の一つがエメラルドグリーンに光り、四つの紋章の一つが輝いていた。

嘘だろ、これってまさか。

「――ムサシ?」

『ぐぉう!!』

目の前にいるのは間違いなく、『ムサシ』だった。

小さな手のひらサイズだったのに、今や三メートルを超える巨体。

「ま、まさか……し、進化したのか？　この土壇場で!?　うそ!?」

『がるがる!!　ぐぉう!!』

「うおおおお!!　すっげぇ、ムサシすっげぇぇぇ!!」

恐竜のような見た目で、両腕が丸太のように太い、そして全身を包むエメラルドのような甲殻。

間違いない、風属性の甲殻種……それがムサシの真の姿だ。

サルワのブレスを両腕のエメラルドで弾いた。すごい、本当にすごい!!

「よし、ムサシ!!　あいつを倒そう!!」

『ぐおおう!!』

『グルルルル……グァァァオオオオオ!!』

サルワの咆哮。

こいつのブレスを弾いたのはすごいが……甲殻種で倒せるのかな。

そもそも、接近しないといけないし、頼みのサビューレ団長とエラソンさん、というかみんな気を失っている。

このままじゃまずい。

『ぐるる……がうがう!!』

「えっ……うおっ!?」

右手の紋章が輝く。

中央にある四つの紋章の一つが輝いた瞬間、ムサシの身体が変化した。

エメラルドグリーンに輝くと、俺の目の前にはエメラルドグリーンの体毛、全長三メートルほどの狼みたいなドラゴンがいた。

え、あれ……ムサシは？

『がるるる‼　がうがう‼』

「え、おま、ムサシ⁉　まさか、形態《フォルム》を切り替えられる⁉　マジで？　これチートじゃん‼」

なんとなくわかった。

俺の右手の紋章、中央に四つ、それを囲うように六つ。

中央の四つは甲殻種、羽翼種、陸走種、人型種を表して、その周囲を囲う六つ……たぶんこれ、地水炎風雷氷を表してるんだ。うっそ……え、ムサシすげえ。

『がうがう‼』

「え、跨《また》がれって……」

ムサシ、尻尾で俺をビシビシ叩いてくる。

もう迷わなくていい。

俺は、落ちていたエラソンさんの槍を拾い、ムサシに跨った。

「よし。ムサシ……俺とお前で、あいつブッ倒そう‼」

『ウォオーン‼』

『ゴルァァァ……‼』

覚醒したムサシと俺、そしてサルワの最終バトルが始まった。

26　魔風竜サルワ⑤

陸走種……いや、『陸走形態』となったムサシに乗ると、まるで馬みたいに走りだす。

なんだっけ……ギャロップ走法だったたか。競走馬より速いが、不思議と乗り心地がいい。

というか、ムサシに乗った瞬間、負ける気がしなかった。

俺とムサシが共に戦う。これこそ俺の本来の戦闘スタイルみたいな……かっちりと何かがハマったような、胸が躍るというか、ワクワクする。

あれほどクシャスラ王国を苦しめているサルワを前に、俺は笑っていた。

笑いながら、ムサシに指示を出す。

「見ての通り鈍足《どんそく》だ、回り込むぞ‼」

『ウォウ‼』

応‼　と聞こえたのは気のせいだろうか。

体毛が生えた巨大狼みたいな陸走形態だ。でも狼じゃない……ツノも生えてるし、爪も牙も立派なドラゴンの物……手乗りサイズだった頃が懐かしい。

俺は槍を手に、ジグザグ走行するムサシにしがみ付く。

『グルォ、グルルルル!!』

ムサシに翻弄され、サルワが首を何度も動かす。わかるぞ、必死に目で追おうとしてるんだな。

だが、そんな程度で。

「背後!!」

ムサシは一瞬で背後に移動。

俺は拳銃を抜き、背中に向かって何度も引金を引いた。

『ガァアッ!!』

翼をバサバサ動かすが、振り向いた時にはもうムサシはいない。

振り向いた瞬間、もうムサシはサルワの懐に潜り込んでいた。

俺は槍を手に、サルワの心臓目がけて思い切り胸に突き刺す。

「喰らえエエエエエエ!!」

『ガァアッ!?』

甲殻に覆われていない部分は柔らかい。

槍が突き刺さったが……俺の筋力だけじゃ足りなかった。

すると、紋章が輝きだし——ムサシの姿が変わる。

エメラルドグリーンの鱗に包まれ、全長三メートルほどの『人型形態』へ。

漫画やアニメで見るような、二足歩行のドラゴンだ。かなりカッコいいスタイルだ。

人型形態のムサシは、俺の掴む槍の柄を掴み、一緒に心臓に向かって槍を突き刺す。

「おおおおおお‼」

『オオオオオオ‼』

ズズン‼　と、槍が心臓を突き刺した。

『ブッギュアァァァァ‼』

サルワが吐血。

俺とムサシは柄を放すと、大暴れするサルワに吹っ飛ばされた。

が、ムサシが庇ってくれたので無傷で済む。

立ち上がると、胸から血を噴き出したサルワは全身を掻き毟《むし》りながら暴れ、そのまま翼を広げて上空へ飛んだ。

するとサビューレ団長とエラソンさんが起き上がり、俺たちの元へ。

「こ、このドラゴンは……きみのか？」

「やはり、竜滅士だったか……」

「俺も驚いてますけど、それはあとで」

とりあえず、ムサシのことはまたあとで。

上空へ視線を向けると、血を撒き散らしながらサルワが滅茶苦茶に飛び回っている。

「心臓に槍を刺しました。もう、助かりません」

「……あのまま、苦しんで死ぬのか」

「……憐れな」

正直、可哀想だと思う。

すると、ムサシが。

『ぐるるる……』

「ムサシ？」

俺に頭を寄せ、サルワを見た。

そして、俺の右手の紋章が再び光り、四つの紋章の最後の一つが輝いた。

するとムサシの姿が、翼の大きな『羽翼形態』へと変わる。

「お前……あいつを、楽にしてやりたいんだな？」

『ぐるる』

「……わかった」

俺はムサシに乗ると、ムサシは翼を広げて一気に上空へ。

俺は銃を抜き、マガジンを交換する。

「サルワ!!」

『ギュアアアア――……ギュアアアア……』

苦しんでいた。

そりゃ、国を崩壊寸前まで追い込んだ、もはやドラゴンと言えない魔獣だ。
でも……魔竜となっても、ドラゴンだった。
魂はきっと、ドラゴンのまま。
その魂に安らぎを与えるのは――……きっと、俺とムサシが適任だろう。
「ムサシ、行くぞ!!　魔風竜サルワを――解放する!!」
『クルルアァ!!』
ムサシはサルワに接近。
俺は銃を連射し、サルワの翼を穴だらけにする。
サルワは姿勢を崩し、飛行の勢いが落ちていく。
すると、魔力がごっそり減る感覚……ムサシの口に、魔力が集中した。
ドラゴン最強の技……『竜の息吹《ドラゴンブレス》』だ。
『オオオ、ゴアァァァァァァ!!』
風属性のドラゴンブレスが放たれ、サルワを包み込む。
全身をズタズタに引き裂かれたサルワは地上に落下し、完全に動かなくなった。

◇◇◇◇◇◇

俺とムサシは地上へ降り、動かなくなったサルワに近づく。

『…………』

「……お前は魔竜だけど、元はドラゴンだ。魂は竜神の元へ……」

祈りを捧げると、サルワの目が輝きを増した。

竜魔玉眼だ……リューグベルン帝国の至宝。

そして、サルワは静かに息を引き取った。

「……終わった」

『グル……』

サルワ。魔竜となったドラゴン……死んだ竜滅士も、少しは報われるだろうか。

黙とうを捧げていると、声が聞こえてきた。

「おーい!!」

「レクス、大丈夫か!!」

「レクス!!」

「レクスーッ!!」

サビューレ団長とエラソンさん、エルサとリリカだ。

どうやら、意外と近くに落下したらしい。

俺は手を振ると、エルサが走ってきて……なんと、俺に飛びついた。

「うぉぉぉ⁉」

「よかったぁ‼　心配したんですっ‼　ああ、本当によかった……」

「お、おう。いやあ、なんというか、心配かけまして、すみません」

しどろもどろになる俺。

やばい、エルサってけっこう胸あるのか、やわっこい……いや待て、こういうのは俺の役目じゃない。そもそもエルサはヒロイン枠というか、友人枠というか。

すると、リリカが言う。

「いや～、なんかお邪魔みたいだね。あはは」

「そ、そんなことないぞ。な、ムサシ」

『グル？』

振り返りムサシを見ると、サルワの目をほじって口に咥えていた。

「え、おま」

『グァ～……ん』

そして、そのまま目玉を呑み込んだ。

え、何してんのこいつ。

「ちょ、おま何してんの⁉　エルサごめん、おいムサシィイイイイ‼」

『グルル？　グルグル』

ムサシは人型形態になると、反対側の目も取ろうとした。

「待て待て!!　それリューグベルン帝国の至宝だぞ!?」

「至宝？　おいサビューレ、どういうことだ？」

「いや知らんが」

「しまっ、これ内緒……ああああああ!!　とにかくムサシストップ!!」

『きゅるる～……きゅあ』

残念そうなムサシの尻尾を引っ張ると、ボボンと派手な音と共に、手のひらサイズに戻ってしまった。

嬉しいが、ちょっとヤバイ。どうしよう……片目、なくなっちまった。

頭を抱える俺。するとサビューレ団長が咳払いする。

「あー……レクス、お前はクシャスラ王国を救った英雄になったわけだが」

「あ、遠慮します。絶対に俺がやったとか、英雄としてさらすのやめてください。無理ならここでお別れです」

「……訳アリの竜滅士だから仕方ないとは思うが……うむ」

「それに、戦ったのは騎士と冒険者のみんなでです。国を守った英雄なら、俺じゃなくてもいいでしょう。エルサ、いいよな？」

「はい。あまり目立つのはその……わたしもレクスも望みませんし」

とりあえず、クシャスラ王国は守ることができた。

それに……一番の収穫は、ムサシの進化だ。

俺は変化した右手の紋章を見る。

「あれ？　デザインが変わりました？」

「ああ、ムサシの変化と一緒にな。その辺、あとで説明するよ」

とりあえず、今は少し休みたいかな……さすがに疲れたよ。

27　穏やかな風、風車と共に

サルワ討伐から二日後。

俺とエルサは宿屋の一階で、のんびり朝食を食べていた。

俺の手にある新聞には『サルワ討伐。冒険者と騎士の協力による功績』とあった。騎士団と冒険者が力を合わせて戦ったことに違いはないので、これでいい。

エルサは紅茶を飲み、カップを静かに置きながら言う。

「レクス。本当によかったですか？」

「ん、何が？」

「いえ。王城での勲章式……」

「いや面倒くさいし。それに、冒険者として戦った報酬も入ったし、それで十分。これからも旅をするのに、余計な荷物背負いたくないしな」

俺は、サルワ討伐の功労者ということで国王陛下から勲章を……なんて話もあったが拒否。冒険者として戦った報酬だけもらい、あとは全部お任せした。

余計に目立って、これから来るリューグベルン帝国の竜滅士とかに気づかれたくないしな。まあ、俺はもうドラグネイズ公爵家から除名されてるけど。

「とりあえず、今日は一日ゆっくりして、明日には出発するか」

「そうですね。ふふ、天気もいいですし、観光日和です」

鉄格子は外され、窓は開いている。

気持ちのいい風が部屋に入り、なんとも心地よい。

これが本来の、クシャスラの風なんだな……起きたばかりなのに眠くなる。

「気持ちいい風ですね……」

「ああ。クシャスラの風……」

窓際に小さな風車のおもちゃがあり、羽がクルクル回っていた。

いいなあれ……お土産《みやげ》で売ってたら買おうかな。

と、ここで宿屋のドアが開き、リリカが入ってきた。

「おはよーっ!!　二人とも、お出かけ準備できた？　今日は一日、私がガイドしちゃうからねっ!!」

騎士団から派遣されたリリカ。今日は観光案内のために来てくれた。

サビューレ団長が気を利かせたらしいな。今回ばかりは察してくれたようだ。

「よし、じゃありリカ、案内よろしくな」

「うん!!　ささ、行こ行こ」

リリカに手を引かれ、俺とエルサはクシャスラ王国の城下町を楽しむのだった。

◇◇◇◇◇

さて、サルワ討伐後のことついて説明しておく。

まず、サルワの死骸は騎士団が預かることになった。

リューグベルン帝国から派遣される竜滅士に討伐したことを説明しないといけないしな。

表向きは『騎士団、冒険者が協力して倒した』ってことにしてくれるらしい。俺とエルサも冒険者だし、協力して倒したことに違いない。

片目がない状態だが……戦闘中に潰れたってことにした。

まさか、ムサシが食ったとは言えない。しかも魔竜の目はリューグベルン帝国の至宝だし……そのことは内緒なので、目が潰れたとしても文句は言えない。

というか、おっせぇ支援のくせに、間に合ってないくせに文句言うなって感じだ。

死骸は、今も王城にあるらしい。俺のアドバイスで、氷属性の魔法師に頼んで氷漬けにしてある。


俺とエルサは、冒険者ギルドで報酬をもらって、そのまま冒険者風の『打ち上げ』に参加した。

城下町で一番広い酒場を貸し切り、冒険者たちで酒盛りしたのだ。

途中、サビューレ団長と部下たちも乗り込み、隣の酒場、さらに隣の酒場を貸し切って大宴会。

近所の住人まで参加して、まるでお祭りみたいな飲み会になった。

ちなみにサルワとの戦いで怪我人も出たが、みんなエルサに治療されて飲み会に参加した。驚いたことに死者はゼロだったそうだ。


ムサシは、手乗りサイズに戻ったあとはずっと寝ていた。

初めての進化で疲れているのか、丸一日寝っぱなしだ。

魔力が減る感じがするので、回復に魔力を使っているのだろう。そのうち起きるだろうし、今はとにかくゆっくり休ませておく。

俺の変化した紋章。

まず、中央にある四つのマークを『形態紋章』と名付け、周囲を囲む六つのマークを『属性紋章』と名付けた。

形態紋章は、ムサシの形態を変化させる紋章で、属性紋章はムサシの属性を変化させる紋章だ。

形態紋章はすべて変身可能だが、属性紋章はまだ風だけだ。恐らく、なんらかのきっかけで、他の属性にも変化できるだろうと思う。

これ、チートだよな……可愛い手のひらサイズドラゴンだと思っていたのに。俺が転生者だからこんな仕様になったのだろうか？　まあ、真相はどうでもいいや。

そして、討伐の翌日にエルサと話し合い、あと数日でクシャスラ王国を出発することにした。

次の目的地は、ここから東にある『水麗の国ハルワタート』だ。

◇◇◇◇◇◇

リリカにクシャスラ王国を観光案内してもらっている。

前に観光しきれなかった場所や、復旧中の風車、風車塔で挽いた粉を使ったパンなどを食べたり、ゆっくり回る大風車を眺めている。

俺は、リリカに聞いてみた。

「な、リューグベルン帝国からの使者ってまだ来ないのか？」

「あと数日って団長は言ってたけど、こっちから使者も送って、サルワが討伐されたことは伝えに行ったみたいだよ」

後任の竜滅士のこともあるし、それに魔竜の目……リューグベルン帝国の至宝もあるから来ることは来るだろうな。恐らく、アミュアにシャルネも来るかも……うう、会いたくない。会わないけど。

そういえばムサシ、竜魔玉眼を一つ食べちゃったけど、何か変化あるとかないな。話では、食べたら進化するって話だけど……進化したばかりだし、適応されなかったのかな。

まあ、考えてもわからんし……ムサシも寝てるし、別にいいか。

大風車を眺めながら、次の目的地の話になった。

「え？　次はハルワタート王国に行くんだ」

「ああ。水麗の国だっけ」

「そうだよ。私、一度だけ行ったことあるけど、国のほとんどが海に覆われてるの。陸地と陸地の間には水路が敷かれていて、そこを船で移動するんだよ」

「わぁ～、楽しそうです」

「名産は当然、海産物だね!!　おいしい海の幸がいっぱい。海鮮鍋とか最高だよ!!」

「……ごくり」

おお、エルサの喉が鳴った。

辛いの好きっぽいけど、もしかしたら鍋好きなのかも。

でも、海鮮は俺も好きだな……前世ではそう何度も食えなかったけど。切り身とかより貝類のが身体にいいとかで、貝類ばかり食べてたっけ。

「あと……ふふふ、レクスには朗報かな？　あそこリゾートもあるから、水着の用意した方がいいね」

「水着。泳げるのか？」

「うん。リゾート専門の水魔法師がいて、水中で呼吸できるように魔法をかけてくれるんだって」

「ほほう……」

「……レクス。水着が好きなんですね。それと、水中呼吸魔法ならわたしも使えますー」

な、なんかエルサが怖い。

そして、おずおずと聞く。

「その……水着、着ますか？」

「いやまあ、泳げるなら着なきゃ……だけど。その、エルサは泳げないのか？」

「……お、泳げないですけど。でもまあ、泳いでみたいといいますか」

「じゃあ泳ごう」

「……はい」

「なにこのやり取り……私、邪魔？」

なんかリリカが呆れていた。

とにかく、次は水麗の国ハルワタート……水着かあ。ちょっとワクワクしてる。

「さーて、まだまだ観光地はいっぱいあるよ。今日は楽しんでもらうんだから‼」

この日、夜までリリカに町を案内してもらい、クシャスラ王国最後の日を楽しむのだった。

◇◇◇◇◇◇

翌日。

俺とエルサ、そしてようやく起きたムサシを肩に乗せ、正門前にいた。

いよいよ水麗の国ハルワタートへ出発だ。

見送りはリリカ、そしてサビューレ団長にグレイズさん。さらにエラソンさんだ。

俺はやや苦笑する。

「いやあ、皆さん忙しいのに、わざわざ見送りなんて……」

「ふ。英雄を送り出すのには少し足りないがな」

サビューレ団長は笑い、手を差し出す。

「私たちクシャスラ騎士団は、きみたちの活躍を忘れない。本当に、感謝する」

俺は差し出された手を握り、エルサも、ついでにムサシも握手した。

「今度は、ただの旅行で立ち寄ってくれ。オレが美味い飯屋に連れてってやる」

「ありがとうございます。グレイズさん」

「おいグレイズ。アタシのが先だ。二人とも、何かあったら声かけな。アタシにできることならなんでもやってやるよ」

「ありがとうございます、エラソンさん」

エルサがペコッと頭を下げる。

サビューレ団長が言った。

「リューグベルン帝国の竜滅士には上手く言っておく。きみたちはあくまで冒険者として手を貸した。ドラグネイズ公爵家でも、貴族の娘でもなく、ただの冒険者として……だな」

「それでお願いします。あの……口を滑らせないでくださいね」

「む、きみまでそんなことを言うのか。まあ……気をつけるが」

「はっはっは。サビューレ、言われているな」

「う、うるさい……全くもう」

みんなが笑い、サビューレ団長が赤くなりそっぽ向いてしまった。

どこまで誤魔化せるかわからないが、それで頼む。

ムサシの覚醒と合わせ、余計な情報は出さないと約束してくれた。

そしてリリカ。

「二人とも、また来てね。絶対、また来てね!!」

「ああ、約束する」

「リリカさん。リリカさんの町案内、とっても楽しかったです」

『きゅるる～』

「うん!! えへへ……なんか、ちょっと泣きそうかも」

リリカは目元を拭う。ああ……なんか俺もウルっときそう。

でも、リリカは笑顔で言った。

「でも泣かない!! 泣いたら次に会った時に恥ずかしいし、笑顔でお別れする!! レクス、エルサ、そしてムサシ!! また遊ぼうね!!」

「ああ、また必ず!!」

「また今度、楽しみにしてますね!!」

『きゅいいー!!』

俺とエルサとムサシは、みんなに別れを告げて旅立った。

みんなが見えなくなるまで手を振る。

見えなくなっても、大風車はよく見えた。

「エルサ、あれ……大風車」

「わあ……今日もよく回っていますね」

「ああ。風車の国クシャスラ……いい国だ」

「はい。また来ましょうね、絶対に」

俺とエルサ、そしてムサシ。

互いに追放され、意気投合して一緒に旅を始めた。

風車の国クシャスラ。ここではいろんな風車を眺めたり、冒険者として依頼を受けたり……ゲーム序盤のチュートリアルみたいなことがいくつもあった。

魔風竜サルワとの戦い、ムサシの覚醒……いろいろあったが、こうして別の国に向かって旅立っている。

「次はハルワタートかあ……えーと、このまま東に進んで、港町テーゼレってところに行けばいいのか」

「オスクール街道では一本道ですけど、地図には観光地である大滝や、景色のいいところがあるみたいです」

「じゃ、今日はオスクール街道にある宿まで歩いて、観光地をチェックするルート探すか」

「はい。ふふ……なんだか新しい冒険って感じがして、楽しいです」

「だな。まあ、のんびり行くか」

『きゅい～!!』

ムサシが俺の肩から飛び、俺とエルサの周りをクルクル飛んだ。

なんだかとっても楽しそうだ。まあ、俺も楽しいけどな。

穏やかな風と共に、大風車がゆっくり回る。

風と風車の国クシャスラ。きっといつか、また来よう。

28 ドラグネイズ公爵家にて②

レクス、エルサがクシャスラ王国から旅立って数日……クシャスラ王国正門前で、騎士団長のサビューレはリューグベルン帝国から来た竜滅士の一行を出迎えた。

サビューレは正装で、竜滅士たちに頭を下げる。

「遠路はるばるようこそ。風車の国クシャスラへ」

「うむ、出迎え感謝する」

応えたのは、五十名しかいない永久級《とこしえ》の竜滅士ガロルド。

そして、これからクシャスラ王国に常駐する竜滅士三人と、新人竜滅士のアミュア、シャルネの二人。

ガロルドはいきなり要件を切り出した。

「さっそくだが、魔竜を本当に討伐したのか、確認させてほしい」

「わかりました」

サビューレに同行していたグレイズが、ほんの少しだけ気を悪くする。

国を守るべき竜滅士が間に合わず、冒険者と騎士団で討伐した魔竜……何もしなかったくせに、謝罪もなくいきなり要件とは。

だが、サビューレは笑顔のまま馬車に促す。


向かったのは、クシャスラ王城にあるレンガ造りの倉庫。

その中は冷えており、魔法師がサルワの死骸を凍らせていた。

ガロルドは死骸に近づき確認。

「……間違いない。魔竜だ。しかもこのサイズ……我がドラゴンと同等の大きさ。永久級《とこしえ》はある」

サルワの死骸を確認し、ガロルドは気づいた。

「騎士団長。この死骸、片目が失われているが」

「ええ、戦闘時に目を攻撃し潰したんですよ。それで、大暴れしてそのまま消失したようで。だがまあ、片目がなくなったところで問題ないでしょう?」

「……む」

そういうわけにはいかない。

そもそも、魔竜の目は竜魔玉眼という至宝。ドラゴンに食べさせれば進化させることが可能な物で、そのことを知るのは竜滅士だけ。

魔竜の確認、そして目の回収がガロルドの使命であったのだが、片目しか回収できない。

魔竜の死骸はリューグベルン帝国が引き取ることで話は付いていた。

「しかし……冒険者と騎士が協力し、この魔竜を討伐したとは」

「ええ、クシャスラの歴史に残る一戦でした。思い出すだけで興奮しますよ……あれほどの戦いは、生まれて初めてでした」

サビューレが微笑む。

ガロルドは特に返事をせず、サビューレに言う。

「では……この死骸は回収させていただく。それと、こちらの三名がこれからクシャスラ王国に常駐することになるので、手続きを」

「わかりました。おや、そちらの少女たちは？」

「彼女たちは見習いです。竜滅士の仕事がどのようなものか、見学を」

「なるほど……」

その後、騎士たちに竜滅士の案内を任せ、サビューレはガロルドと話をする。

アミュア、シャルネの二人は騎士訓練場の見学をすることになった。

そして、二人の案内を任せられたのは。

「初めまして。騎士リリカと申します。これからお二人の案内をさせていただきます‼」

「よろしくお願いします。私はアミュアです」

「あたしはシャルネ。歳も近そうだし、普通にしゃべっていいよ」

フレンドリーなシャルネに、リリカは微笑んだ。

「じゃ、お言葉に甘えて……リリカでいいよ」

「うん。あたしもシャルネでいいから。あ、アミュアもいいよね？」

「はいはい。ま、気楽な方がいいわね」


三人は、騎士の訓練場を見学する。

騎士たちが摸擬戦をしたり、筋トレしたり、素振りをしているのを眺めていると、アミュアが言う。

「訓練自体は、騎士も竜滅士も変わらないのね」

「そう？　毎日バテバテになるくらいやるけど……やっぱり竜滅士もバテバテになる？」

「まあね。私は格闘術がメインだけど、シャルネは……」

「あたしは弓術ね。フェンリスに乗って弓を射る訓練してるの」

「フェンリス？」

「あたしのドラゴン。陸走種のドラゴンなんだ」

と、シャルネは右手を向けて『召喚《サモン》』と唱えると、シャルネの隣に全長二メートルほどの青毛を持つドラゴンが現れた。

狼のように見えるが、ツノも牙も生えている立派なドラゴンである。

「わぁ、すごいね‼」

「ふふん。まだまだ成長期だし、もっと大きくなるよ」

「すごーい‼　アミュアのドラゴンは？」

「私のは……この子」

アミュアが召喚したのは、深紅の甲殻を持つドラゴンだ。

二足歩行のトカゲに甲殻を付けたような姿だが、頭部には立派なツノが生え、両手は太く立派な爪を持っている。

「甲殻種っていう防御に優れたドラゴンなの。名前はアグニベルト……はい、ご挨拶」

『ゴロルルル……』

「あはは、いい子だね」

ふと、アミュアは思った。

リリカは全く怯えずにアグニベルトへ近づき、普通に撫でていた。

普通は怯えたり驚いたりするものだが。

「リリカ、あなた……怖くないの？」

「なんで？　サルワの方がもっと怖かったし、レクスのドラゴンだってこれくらいの大きさだったよ」

リリカの言葉に二人が凍り付いた。

そして、リリカも「あ」と口を押さえる。

「あ、えっと」

「今、なんて」

「え、あ～……」

「リリカ、今なんて言ったの」

アミュアが、リリカを睨むようなまなざしで、強い口調で言う。

リリカがシャルネを見ると、シャルネも同じだった。

「レクス、ドラゴンって……お兄ちゃん、ここにいたの!?　ねえ、リリカ!!」

「え、お兄ちゃん？　シャルネ、レクスの妹なの？」

「そうだよ!!　リリカ、お兄ちゃんのこと知ってるの？」

「……家を追放されたって聞いたけど、まさか妹さんだなんて。え、じゃあアミュアは？」

「幼馴染よ」

「そうなんだ……」

アミュアはリリカに顔を近づけて言う。

「それで、レクスはどこにいるの。知ってることがあるなら教えて」

「あー……でも、レクスに口止めされてるし、その……」

「お願い。知りたいの……!!」

「う～……」

目を逸らすリリカ。その様子に、アミュアはピンと来た。

「……レクス。私たち……ううん、リューグベルン帝国に知られたら厄介なことに巻き込まれてるのね？　だから自分のことを知られないように口止めしてるのね？」

「………」

「じゃあこうする。私とシャルネは何もしない。聞くだけで、ガロルド隊長にも報告しない。勝手にいなくなった幼馴染とシャルネのお兄さんがどこに行ったのか、何があったのか、それだけ知りたいの……お願い」

「………わかったよ」

リリカはついに折れた。

アミュアの必死な、縋《すが》るような目が悲しく見えてしまい、それ以上は拒否できなかった。

リリカは、町案内をするフリをして二人を大風車の傍にあるベンチまで連れてきた。

そして、クシャスラ王国で何があったのかを説明する。

「……魔竜との戦いで、レクスのドラゴンが進化した？」

「うん。ムサシって名前なんだけど、すっごく可愛いの」

「手乗りドラゴンだよね……お兄ちゃんの」

リリカは説明した。

レクスは実家を追放され、エルサと一緒に国を訪れたこと。

大風車や町を観光し、サルワの襲撃で魔竜と看破、騎士団に協力してくれたこと。

冒険者としてサルワの戦いに参加し、戦いの最中でムサシが進化したこと。

レクスとムサシの活躍でサルワが討伐されたこと。そして目立つのを拒否し、すべての功績を冒険者と騎士団に譲り、今度はハルワタート王国へ旅立ったこと……などだ。

ちなみに、竜魔玉眼をムサシが食べたことは言わなかった。

話を聞き、アミュアは考え込む。

「形態を切り替えることができるドラゴンなんて、聞いたことがないわ……」

「お兄ちゃんが、あの魔竜を倒したんだ……」

「ほとんど一人でね。すごかったよ、ムサシがいろんな姿に変わってさ、サルワを追い詰めてさ……いやあ、すごかったなあ」

「「…………」」

レクスが向かったのは、ハルワタート王国。

それも気になったが……アミュアは別のことが気になった。

「ところで、エルサって誰？」

なぜか、リリカとシャルネの背中に、ゾワリと冷たい汗が流れるのだった。

◇◇◇◇◇◇

しばらく滞在し、ガロルドとシャルネ、アミュアの三人はリューグベルン帝国に帰ることになった。

リリカに別れを告げ、馬車に乗ろうとすると……アミュアがガロルドに言う。

「ガロルド隊長。申し訳ございません……少し、別行動してよろしいでしょうか？」

「……何？」

シャルネはギョッとした。

まさか、永久《とこしえ》級のガロルドに『別行動したい』と言うなんて思わなかった。

その言葉だけで、シャルネは察した……間違いなく、ハルワタート王国に行くつもりである。

「別行動とは、何か理由があるのだろうな」

「はい。内容は……言えません」

「……新人であるお前が、命令違反をしてまでの内容か？」

「はい」

きっぱりと言った。

シャルネはため息を吐き、助け船を出す。

「……ガロルド隊長。私からもお願いします」

「きみもか、シャルネ」

「……ドラグネイズ公爵家の用事、と言えばいいでしょう」

「……む」

竜滅士最強、ドラグネイズ公爵家の用事。

シャルネは、階級こそ天級だが、ドラグネイズ公爵家の令嬢である。

その用事がなんなのかは知らない。だが……ドラグネイズ公爵家を出されたら、さすがのガロルドも黙るしかなかった。

そして、大きなため息を吐く。

「……わかった。好きにしたまえ。その代わり、お前たちの別行動はドラグネイズ公爵家に報告させてもらう」

「「ありがとうございます!!」」

ガロルドは訝しんだが、特に追及することなく馬車で去った。

そして、残された二人。

「アミュア……お兄ちゃんのところ行くつもりでしょ」

「まあね。それよりシャルネ……なんで合わせてくれたの？」

「そりゃ、お兄ちゃんに会いに行くってすぐわかったから。ま、ドラグネイズ公爵家の名前出したら、ガロルド隊長も引くしかないよね……でも、用事なんてないし、お父さんにバレたらヤバイよねぇ」

「……シャルネ、いいの？」

「うん。ま、思いっきり怒られるくらいだし。一応、お兄様に手紙出しておこっと。さ、ハルワタート王国に行こっか‼　あそこリゾートもあるみたいだし……っていうか、お兄ちゃんってば女の子と旅してるなんてねぇ」

「むー……その辺はちゃんと聞かないとね」

こうして、シャルネとアミュア……レクスの妹と幼馴染の、レクスを追う旅が始まった。

最強最古の神竜は、辺境の村人ドランとして生まれ変わった。質素だが温かい辺境生活を送るうちに、彼の心は喜びで満たされていく。そんなある日、付近の森に、屈強な魔界の軍勢が現れた。故郷の村を守るため、ドランはついに秘めたる竜種の魔力を解放する!

1~25巻好評発売中!

illustration:市丸きすけ
25巻 定価:1430円(10%税込)/1~24巻 各定価:1320円(10%税込)

コミックス1~13巻好評発売中!

漫画:くろの B6判
13巻 定価:770円(10%税込)
1~12巻 各定価:748円(10%税込)

月が導く異世界道中
Tsukiga Michibiku Isekai Dochu
あずみ圭
Azumi Kei
1~20
8.5
シリーズ累計420万部の超人気作!
(電子含む)
TVアニメ第3期
制作決定!!
1~20巻
好評
発売中!!
コミックス
1~14巻
好評発売中!!
月が導く異世界道中
あずみ圭
薄幸系男子の成り上がりファンタジー、開幕!
なんでだろう 親の都合で 異世界へ
待望の書籍化!
読者賞受賞作!
異世界へと召喚された平凡な高校生、深澄真。彼は女神に「顔が不細工」と罵られ、問答無用で最果ての荒野に飛ばされてしまう。人の温もりを求めて彷徨う真だが、仲間になった美女達は、元竜と元蜘蛛!?とことん不運、されどチートな真の異世界珍道中が始まった!
▶3期までに◀
原作シリーズも
チェック!
月が導く異世界道中
あずみ圭
木野コトラ
とことん不運、されどチート!!
漫画:木野コトラ
【B6判】
20巻 定価:1430円(10%税込)
1~19巻 各定価:1320円(10%税込)
14巻 定価:770円(10%税込)
1~13巻 各定価:748円(10%税込)

パーティの仲間に裏切られ、崖から突き落とされた少年ソータ。辛くも一命を取り留めた彼は、崖下で一匹の子犬と出会う。ところがこの子犬、自らを「地獄の門番・ケルベロス」だと名乗る。子犬に促されるままに契約したソータは、小さな相棒を「ケル」と名付ける。さてこのケル、可愛い見た目に反して超強い。しかもケルによると、ソータの魔法はとんでもない力を秘めているという。そんなソータは自分を陥れたかつての仲間とダンジョン攻略勝負をすることになり……

◉定価:1430円(10%税込)　◉ISBN 978-4-434-34508-1

◉illustration:ゆーにっと

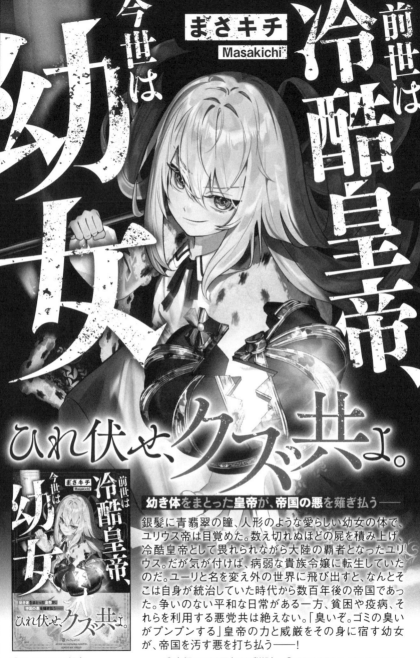

この作品に対する皆様のご意見・ご感想をお待ちしております。
おハガキ・お手紙は以下の宛先にお送りください。

【宛先】
〒150-6019 東京都渋谷区恵比寿 4-20-3 恵比寿ガーデンプレイスタワー 19F
（株）アルファポリス　書籍感想係

メールフォームでのご意見・ご感想は右のＱＲコードから、
あるいは以下のワードで検索をかけてください。

アルファポリス　書籍の感想　検索

ご感想はこちらから

本書は Web サイト「アルファポリス」（https://www.alphapolis.co.jp/）に投稿されたものを、改稿、改題、加筆のうえ、書籍化したものです。

手《て》乗《の》りドラゴンと行《い》く異世界《いせかい》ゆるり旅《たび》

～落《お》ちこぼれ公爵令息《こうしゃくれいそく》ともふもふ竜《りゅう》の絆《きずな》の物語《ものがたり》～

さとう

2024年　9月30日初版発行

編集－芦田尚
編集長－太田鉄平
発行者－梶本雄介
発行所－株式会社アルファポリス
〒150-6019 東京都渋谷区恵比寿4-20-3 恵比寿ガーデンプレイスタワー19F
TEL 03-6277-1601（営業）　03-6277-1602（編集）
URL https://www.alphapolis.co.jp/
発売元－株式会社星雲社（共同出版社・流通責任出版社）
〒112-0005 東京都文京区水道1-3-30
TEL 03-3868-3275
装丁・本文イラスト－ろこ
装丁デザイン－AFTERGLOW
印刷－中央精版印刷株式会社

価格はカバーに表示されてあります。
落丁乱丁の場合はアルファポリスまでご連絡ください。
送料は小社負担でお取り替えします。

ISBN978-4-434-34517-3　C0093